JN310863

人は、ことばで磨かれる

村上信夫のときめきトーク

清流出版

まえがきに代えて

村上さんは、「ミスター・ポジティブ」！

武田双雲（書道家）

村上さんは、一瞬にしてその場を明るく灯します。相手がどんな人間だろうが気にせず光を灯します。いえ、違いました、すごく気にしてくれます。

単なるポジティブではなく、ネガティブなことを理解し、受け入れる器を持たれています。

そんな村上さんにポジティブ仲間と言われたのだから、僕ももう認めるしかありません。

これからも、世の中を明るく照らし続けていく姿を想像しながら、僕はまず、家庭を明るくしていこうと思います。

僕の母もインタビューしていただき、母のとてつもない明るさと村上さんの明るさがコラボして、太陽を超えたのではないかと思うほどでした(笑)。

いま、世の中は生きづらさを感じて過ごしてる方がたくさんいると思います。

お互い、無理せず、一つ一つコツコツ灯していきましょう。

目次

まえがきに代えて
村上さんは、「ミスター・ポジティブ」！　武田双雲（書道家）―― 2
相手がもっと話したくなる「聞く力」　阿川佐和子（エッセイスト・作家）―― 9
六〇を過ぎて足りなさを知る　山本容子（銅版画家）―― 25
人の記憶に残る歌を届けたい　クミコ（歌手）―― 35
誰にも負けない情熱で命をつなぐ　天野篤（順天堂大学医学部教授）―― 47

転機と変化、すべてを糧として　石丸幹二（俳優・歌手）　57
演じることで人間を掘り下げる　余貴美子（女優）　69
歌もトークも、答えは客席にある　藤澤ノリマサ（歌手）　79
人を喜ばせる幸せなサプライズ　小山薫堂（放送作家）　89
「陽転思考」で元気スイッチＯＮ！　和田裕美（営業コンサルタント・作家）　105
ものづくりの心で未来をつくる　諏訪貴子（ダイヤ精機社長）　115

渋沢精神を受け継ぎ、すべてに感謝　鮫島純子（エッセイスト）　125
「おかげさま」の気持ちを大切に　矢作直樹（医師）　135
人の心をグッとつかむ会話の極意　齋藤 孝（教育学者）　147
撮りたいのは戦禍に生きる子どもの姿　渡部陽一（戦場カメラマン）　157
思いを受け止め、沈黙に寄り添う　安田菜津紀（フォトジャーナリスト）　167
少しずつ、あきらめず進めばいい　鈴木明子（元フィギュアスケート日本代表）　179

この対談は、月刊『清流』連載「村上信夫のときめきトーク」に、加筆修正をしたものです。掲載号は、各対談末に記載されており、年齢、内容、肩書きなどは対談当時のものとしてあります。

相手がもっと話したくなる「聞く力」

阿川佐和子

（エッセイスト・作家）

あがわ・さわこ●昭和28年、東京都生まれ。「筑紫哲也NEWS23」などのアシスタントを務め、現在は「ビートたけしのTVタックル」（テレビ朝日系）、「サワコの朝」（TBS系）にレギュラー出演中。『週刊文春』の対談「阿川佐和子のこの人に会いたい」を20年間連載。『ウメ子』（小学館）、『聞く力―心をひらく35のヒント』（文藝春秋）など著書多数。

撮影協力＝文藝春秋

「聞き上手」の相槌

村上　今日は、聞き上手の阿川さんに僕は何を聞かれるのか、楽しみにしてきました。

阿川　私、ぜんぜん聞き上手じゃないですよ〜。村上さんとはほとんどお会いしていないのに、何度も会っているような気がして。最初にお会いしたのはいつでしたっけ？

村上　ラジオのスタジオに、檀ふみさんと一緒にお呼びしましたよね。僕はほとんど口をはさむことができなかったけど(笑)。

阿川　スミマセーン。別の番組スタッフにも「僕にも五分だけ話させてください」と言われたことがあって、私と檀さんだけでしゃべっていたことに気づいたんです。檀さんは私が書いた『聞く力』（文藝春秋）のコメントを求められたとき「阿川さんは聞き上手というよりしゃべり好き、しゃべりすぎ」と言っていましたが、うまいこと言うと思いました。

村上　しゃべり上手でもあるんだ。『週刊文春』の対談を読むと、「おもしろそう」とか「さすが！」とか相槌がすべて肯定言葉なので、相手はもっと話したくなるでしょうね。

阿川　以前、城山三郎さんにインタビューしたとき、私の話に「おもしろいねえ。それから？」と聞いてくださって、私は質問する側なのに「この人にはあれもこれもしゃべりたい」

という気持ちになったんです。聞き上手とはこういう人のことで、私もそんな聞き手になりたいと目指してきました。

村上 阿川さんの相槌のクセみたいなものはあります？

阿川 昔は「そんなあ」をよく使っていたようです。ゲストがご自分のことを卑下しておっしゃったときに「そんなことないですよ」という意味で言っていたんですが、多すぎると指摘されて以来、減らしました。あとは「なるほど」を連発しないように心がけています。繰り返していると逆に「コイツ、ホントにわかってんのかな」と思われそうで。

村上 そういえば僕も「なるほど」が口ぐせになることがあるなあ(笑)。僕はラジオを担当するようになってからは、相槌を音声化せずに黙ってうなずくようにしていました。ラジオはとくに、「ほお」とか「そうですね」とか声に出して相槌を打つとうるさく聞こえることがあるんですよ。ここぞというときには、合いの手を入れて、音声化しています。

阿川 えーっと、「合いの手」についてはですね……。

村上 お、何かありそうですね。はい、なんでしょうか(笑)。

阿川 私も雑誌の対談が始まった頃は、テレビのときと同じように無言でうなずいていました。でも、構成ライターから「もっと合いの手を入れてくれなくちゃ、ゲストがずっと話している状態になって読みにくいページになる」と言われたんです。そのとき初めて、雑誌のインタビューには聞き手の声を残す必要があるんだと気づいたんです。

村上　雑誌の対談はテレビやラジオとは違いますからね。

阿川　それと、話題を変えるときは合いの手を入れてから次の質問に移ったほうが、読者が読みやすい。読む側の気持ちに立って、話がうまくつながるような相槌をしています。

村上　なるほどねえ。あ、なるほどって言っちゃった(笑)。

阿川　連発しなきゃいいんですっ。

村上　僕は、相手が話をしているときに口をはさむのも悪いような気がするので、よく相手の唇を見て「もっと話しそうだな」と思ったら口を挟まず黙って聞くようにしているんです。

阿川　(口を両手でしっかり隠す)

村上　アハハハ。この場面、テレビだとよく伝わるんだけどなあ。

「本当は人見知り。でもおとなしいわけじゃないの」――阿川

相手を見つめすぎない

村上 阿川さんは相手の目をきちんと見て話すほうなんですか。

阿川 私の目はきついらしいんですよ。檀さんに言わせると、動物に嫌われる目なんですって(笑)。敵と思わせる目だから、あなたが家に来ると猫が逃げると言われたことがあります(笑)。

村上 目ヂカラが強いんだ！

阿川 だから目と鼻と口の中間あたりを見るようにしています。

村上 テレビカメラを見るときも、レンズの下くらいを見ると視線が強くならないと言われていますね。

阿川 え、そうなの？ 知らなかった。そういえば、川島なお美さんと対談したあとで写

「こんなに話せるのは、同い年の気安さからかな」――村上

真に美しく写る秘訣を聞いたら、「あのレンズの奥に愛する人がいると思って見つめるの」と教わったの。それで対談後の記念撮影でレンズをじっと見つめたところ、周りの人から「アガワがやると気持ち悪いからやめたほうがいい」って言われちゃった(笑)。

村上　まさに「そんなあ」ですね(笑)。僕は「サワコの朝」(TBS系土曜朝のトーク番組)を見て感心したことがあるんです。いつも「へえー、それでそれで？」という顔をしてゲストの話をじっくり聞いていますよね。よくテレビカメラがアナウンサーの顔をワンショットでとらえたとき、たまたま視線がそれていたり、次の準備をしていたりで、話を聞いていない顔で映ってしまうことがあるんです。でも阿川さんにはそれがない。

阿川　テレビは全部映ってしまうから怖いですよね。私も一時期までは忘れそうな言葉や想定した質問を紙に書いて、ときどき見ていたんですよ。でも、そうするとどうしても紙のほうに視線が向いてしまうので、もう作らないことにしました。

村上　僕も一応は質問事項を書いた紙を用意するんですが、途中からは無視します。僕はほとんどの場合、下調べも兼ねて放送前に対談相手と会っていました。そのときは自分自身のこともたくさん話して、こちらから裸になるんです。それでゲストも胸襟を開き、本番では意外な発言が聞けることもありました。

阿川　私は対談相手と事前に会う勇気はないなあ。対談のときに質問することがなくなりそうだもの。本当は、知らない人に話を聞くのも怖いんです。おもしろい話を聞けなかったらどうしようとか、相手が怒ってしまわないかとか、いろいろ考えちゃう。小心者で人見知りなの。だからといって、おとなしくしているわけじゃないんですけど（笑）。

村上　僕も小心者だから、逆に初対面の人といきなり話すのが怖い。それで事前に会ってフレンドリーな関係になっておきたいんですよ。

阿川　ただ、下調べも良し悪しですよね。下調べから想定した筋書きを作っても、台本通りに進まないことだってあるでしょう。本番で話の流れが違ってきたらその場で軌道修正しなきゃいけないのに、台本にとらわれてしまう聞き手も多いんですよ。この間、話の流れも関係なく、ひたすら台本通りに進めようとするＮＨＫの方に、「私の話、聞いていないでしょ」って言っちゃった（笑）。

村上　厳しいご指摘、もっともです。ＮＨＫ的な発想で、多分決まった枠から出られなかったんだろうなあ。敷いたレールを外れて横道にそれることを楽しめたらいいんだけど。

阿川　私が後輩をいじめると、そうやってかばう〜（笑）。やさしいのね村上さんって。

素朴な疑問を投げかける

村上 阿川さんの話は、自由に横道にそれるからおもしろい。

阿川 まあ、テレビでは一応、台本があって「こんな話を聞く」となっているんだけど、本番になるとすっかり忘れちゃって(笑)。あ、違うほうに行っちゃったということも多いですね。「サワコの朝」で対談した伊東四朗さんからは、「あんたは本当に段取りを無視する人だねえ」って笑われました。

村上 みんな、段取り通りにやろうとするからつまらなくなるけれど、型にとらわれないのが阿川さんのよさだと思います。今度は、『段取らない力』という本を出したらどうかなあ。

阿川 段取りを忘れるだけなんです(笑)。紙に書いてあっても、老眼鏡をかけなければ見えないし。ところで、村上さんはどうして五八歳にもなってＮＨＫを辞めたのですか？

村上 さっそく話を変えましたね。それを話すと長くなるんだけど、一言で言うなら自分で潮時だと。新しい自分に出会いたかったんでしょうね。三五年間ＮＨＫという組織の中では自由にやってきたけど、そろそろ限界かなと思って。

「対談相手の意外な一面を見つけるとうれしい」――阿川

阿川　こう言っちゃなんですけど、男の人がフリーになろうと考えるのはだいたい四五歳くらいでしょう。ちょっと遅くないですか（笑）。

村上　鋭いですねえ（笑）。さすがインタビューの名手と言われるだけあるな……。

阿川　第二の人生を考えるにはその年齢がちょうどいいってよく男の人が言うもん。

村上　僕も四七歳くらいのときにやめようかなと考えたことはありますよ。でもラジオというおもしろい仕事に出会って思いとどまれたのかもしれません。

阿川　あとわずかで定年なのにもう少し我慢して勤めようとは考えなかったんですか。

村上　ずっと「ＮＨＫ」という看板を背負って仕事をしたいと思えば、そういう選択をしたと思います。僕が辞めると言ったら、ほとんどの人が「なんで？」と聞いてきましたけどね。

阿川　まあ、普通は「なんで？」と思うでしょ。素朴なギモンです。

村上　でも、一人だけ「おめでとうございます」と言ってくれたのが、アナウンサーの有《う》働由美子《どうゆみこ》くんなんですよ。

阿川　まぁ、そうなの。私もこの間お会いしたばかり。

村上　有働くんは僕が「おはよう日本」で最初に組んだパートナーですが、今まで一緒に仕事をしてきたパートナーの中で最も優れた人だと言っても過言ではありません。

阿川　どういうところが優れているんですか。

村上　一番印象深かったのは、阪神淡路大震災が発生したときですね。正確な情報がつかめない中、スタッフも右往左往していて、なぐり書きの原稿を読む僕の横でしっかりフォローをしてくれたのが有働くんでした。間違っていると首を振ったり、大丈夫ならうなずいたり、今必要だと思われる情報の原稿をさっと出してくれたんです。入社三年目だったのかな。

阿川　三年目!?　すご～い。それで有働さんから新しい門出を祝福されて初めて、ご自分も「めでたいことなんだ」と自信をもったわけね。

「知ったかぶりと知らんぷりのさじ加減が難しい」――村上

知りすぎず、知らなさすぎずがいい

阿川　でもフリーになって仕事がなかったらどうしようとは思わなかった？

村上　向こう見ずなんですよ（笑）。退職後すぐ文化放送の仕事を始められましたが、退職を決めた時点では、何も考えていませんでした。

阿川　えーっ、アナウンサーを辞めて何をしようと思っていたの？

村上　全国を回って、「嬉しいことばの種まき」をしようと考えていました。嬉しい言葉を使ったら自分も周りの人も笑顔になれるよという話を、多くの人に伝えていきたいと思って。

阿川　それって啓蒙運動か何か？　村上教の普及とか……（笑）。

村上　いやいや。それ、合いの手というより話の腰を折っているでしょ（笑）。平たく言えば講演会のようなものだけど、今まで僕の番組を聴いてくださっていた全国のリスナーの方たちに会いに行きたいという気持ちがありました。

阿川　そっかぁ。全国的スターなんですね。この声にやられちゃうんだ。

村上　もうっ、上げたり下げたりするんだから(笑)。ラジオはリスナーとの距離が近くて、昔からの知り合いみたいにすぐ親しくなれるんですよ。

阿川　なんでラジオって近いんでしょうね。テレビも今はツイッターとかで即反応ができるけど、ラジオのほうが、直接的な感覚がありますもんね。今日もラジオで、今風な言い方で「よくねえ?」って言ったら、「『よくねえ?』という言葉は、阿川さんのイメージらしからぬよくない言葉だと思います」なんて、お叱りのメールがすぐ来ました(笑)。

村上　ハハハ。ラジオは見えないだけに、距離を感じないんですよ。

阿川　村上さんはNHKを辞めて、自由になったことを楽しんでいらっしゃる感じね。

村上　自分の意見とか言っちゃいけないことも多かったですからね。いやあ、阿川さんはやっぱり聞き方がうまい。僕は普段こんなに自分のことをしゃべらないんだけどなあ。

阿川　ずっと抑えられてきたんだ!

村上　そうなの。実は少し前、二〇代の若者たちからインタビューを受けるワークショップをやったんですよ。いつもはゲストを裸にしようとしてきた僕が、反対に裸にされる喜びもあったな。

阿川　自分がゲストの立場になると見えてくるものがありますよね。私のことをものすごく調べている人にインタビューされると、そこまで知っているんなら聞く必要はないでしょと思うこともあるし、反対に何も知らないというのも問題だなとか。

村上　知ったかぶりと知らんぷりのさじ加減が難しい。僕は瀬戸内寂聴さんに「あなたは私のことを知りすぎてもいないし、知らなさすぎてもいないわね」と言われたとき、最高のほめ言葉だなとうれしくなりました。

阿川　さすが瀬戸内さん！　私なんて、毎回「知らなさすぎ」です。資料読みが間に合わないの。ただ、言い訳をさせていただければ、資料を読んで「思っていた通りの人だった」となるよりも、「この人にはこんな一面もあるのか」と意外性を見つけたときのほうがうれしい。

村上　本当にそうそう！　阿川さんが相手だと僕も話しやすくて、時間があっという間に過ぎちゃうなあ。

阿川　気を遣わないですむ相手っていうことでしょう(笑)。

村上　この年になると、同級生に会うだけでうれしいんだよね。同じ時代の空気を吸って育った仲間だから。

信夫のときめきポイント

相手が一枚上手だった。「聞く力」の一端を聞くつもりが、聞かれるがままに答えてばかりいた。意識させずに懐に入り込むのがうまい。わざとらしさを全く感じさせない。作為的でない。還暦前でこの無邪気さ。結局、サワコの不思議を何も解き明かせなかった。今度、文春に呼んでください。

（平成二十五年一月号掲載）

六〇を過ぎて足りなさを知る

山本容子
（銅版画家）

やまもと・ようこ● 1952年、埼玉県生まれ、大阪育ち。銅版画家。京都市立芸術大学西洋画専攻科修了。抜群の構成力と印象的な色使いで、洒脱で洗練された雰囲気をもつ独自の銅版画の世界を確立。数多くの書籍の装幀、挿画を手がける。著書に『山本容子の食物語り』（清流出版）『Art in Hospital スウェーデンを旅して』（講談社）など。ホームページ http://www.lucasmuseum.net/

山本容子、還暦を迎えて

村上 今年（平成二十四年）は還暦とうかがいましたが……。

山本 そうなんです。還暦だからといって急にいろいろなことが変わるわけではありませんが、人にはそれぞれ「使命」があるとわかってきました。

村上 山本さんの使命とはどういうものでしょうか。

山本 仕事では『不思議の国のアリス』と『鏡の国のアリス』の作画など、一七年くらいずっとアリスを追いかけてきましたが、一つの節目を迎えました。このテーマとともに考えてきたのは、日本の平安時代にもアリスと同じ少女がいたし、自分もかつては少女だったということです。少女一人ひとりの中に流れてきた時間やその時代を、もう一度振り返ってみたいと考えています。それで始めたのが俳句なんです。わが家は昔、長唄や三味線などを楽しむ家族だったので、少女時代になじんでいた和の世界に戻ったんです。

村上 ほーぉ！　五七五の世界はどうですか。

山本 俳句は一七文字の少ない言葉の中にどれくらい豊かな世界を作れるかが鍵になるのですが、その句をどう感じるかは読む方にゆだねるしかありません。詠み人にはある程度の教養も必要なので難しいです。

村上　絵と同じですね。絵も見てくれる人にゆだねるところがあるでしょう？

山本　私の絵を「かわいい」とだけ感じていた方が、あるときふと、そこに文学の要素や時代の風景など、いろいろな世界が描かれていることに気づいてくれたら、もう一つの出会いが生まれます。感じ方を見る人にゆだねるという点では同じですね。

村上　それは見る者に入り込むすきまを作っておく余白の部分があるということでしょう。以前、山本さんは「未完成のなかに永遠がある」とおっしゃっていましたが、「どうだ！」と完璧さを主張する作品じゃないから見る側も入りこみやすい気がします。

山本　どの分野にもありがちな「どうだ！」の類のものは好きじゃないんです。権威とか肩書きも必要ないと思っています。

村上　山本さんは年齢も隠しませんよね。

山本　表現者は年齢を隠すべきではないと思っているんです。あの絵を描いたのは何歳のときで、当時はこういう時代だったとみんなにわかれば見方も違ってきますから。

村上　年齢ではなくて、積み重ねてきた年輪ですよね。若いときに描いた作品を見ながら、当時の自分を客観的に振り返ることもあるのでしょうか。

山本　二〇年前の絵を見ながら、このときはすごくあがいていたけどそれが次につながったなとか、俯瞰して見ていますね。

村上　僕はたまにアナウンサーになりたての頃の録音を聞くことがあるんです。落ちこんだときなど、一生懸命しゃべっている若い頃の自分に励まされることがあります。

山本　あの頃はがんばっていたと思うと励まされますよね。あそこでやめなくてよかったとも。少女時代の感性から始まり、これまでの自分が積み重なって今の私がいる。村上さんも若い頃の自分があって、今につながっているわけでしょう。村上さんは子どもの頃はどういう感じでしたか。

村上　僕は一人っ子だったので家に誰かが来てくれるとうれしくて、少しでも長くいてほしいから一生懸命サービスしていました。唐草模様の風呂敷をまいて東京ぼん太ショーとかやると、お客さんが拍手して喜んでくれるんです（笑）。こういう仕事に就いたのも、そういう原点があったからかもしれませんね。

山本　私が初めて話した言葉は「まあ、ちれい」だったそうです（笑）。庭のチューリップを見て「まあ、ちれい（きれい）」と。

村上　今の職業を暗示させるような言葉だ。先ほど言っていたように、絵に対しては昔か

「アーティストにもやさしさや思いやりが必要です」——山本

ら俯瞰目線があったのですか。

山本　描くときは多視点を意識していました。見る側の視点によって、絵が動いているように見せたかった。こちら側から見るイメージと、移動してあちら側から見るイメージを入れこめば、目を動かすことで絵が動いて見える。そうすると飽きずに見てもらえます。

村上　若い頃からそういう視点で絵を描いていたところがすごい。

山本　過去でもなく未来でもない、今がずっと続いていくことを「現在完了形」といいますが、あるとき私の絵を「現在完了形」と評した方がいました。物語の中の時間や、私の生活の中の時間など、あらゆるものを今とつなげて「現在」を表現しているからだと思います。

村上　最近はホスピタルアート（アートの力で患者や家族の心を癒し、ストレスを和らげることを目的とした病院の環境改善活動）をされているそうですね。原点は亡くなったお父さまの病室を見て、と聞きました。

山本　父は平成三年、大動脈瘤の手術中に亡くなったんですが、手術の間、父のベッドに寝転がってみたら「父はこんなつまらない天井ばかり見ていたんだ」と悲しみがこみ上げてきました。体を動かせなかったので、味気ない天井だけを見ていたはずです。絵描きとして病床の父には何もできなかったけれど、誰かを癒すことができればいいと思いました。

村上　名古屋の中部ろうさい病院では、八階の特別室一室に天井画を描かれたそうですね。ホスピタルアートの優れているスウェーデンの病院も取材されたとか。

山本　スウェーデンの病院はそこを訪れる誰もが癒されるように、すべてが配慮されていました。例えば日本の小児科は子どもならパンダやキリンの絵がいいだろうと一辺倒な発想になりがちですが、もしかしたら死に瀕したわが子を看病している親はキリンの笑顔をうらめしく感じるかもしれない。スウェーデンでは、子どもの病室に飾る絵を子ども本人に選ばせてもいました。一見、暗そうな絵でも本人にとっては何か心に響くものであり、それが自己治癒力を促すとされています。

「嬉しいことばの種まきおじさんになろうかと」——村上

村上　日本の病院も精神面でのバックアップにもっと力を入れてほしいですね。

山本　病院には病人だけでなく、その家族、医師や看護師そして職員もいて、彼らにとっては日常を過ごす空間です。どんな絵がふさわしいか、徹底的に取材しなくてはなりません。自分が描きたいものを描くのではなく、アーティストにはやさしさや思いやりも必要です。芸術家というのは一般的に自分の哲学を貫いて、大衆化してはいけないと思っているところがありますが、私は「真善美」の美意識と人を救うやさしさとが一体となったものがこれからのアートの力になると考えています。

村上　なるほど。昔の価値観にしばられず、心を解き放っていかないといけませんね。

六〇を過ぎて、思うこと

村上　ところで、六〇歳ということで何か自分磨きのようなこともされていますか。

山本　五四歳からゴルフを始めました。初めてコースに出た日は七ホール目で歩けなくなってしまって（笑）。一八ホール全部を歩けるようになるまで、一年はかかりました。ゴルフの魅力はまずはスコアを上げることより、いい気持ちで一日歩くことにつきます。

村上　僕も震災のあった三月十一日に帰宅難民のようになって歩きましたが、二時間くらいで足が棒のようになってしまった……。

山本　筋力が落ちていることに自分では気がつかないんですよね。

村上　山本さんは昔ＣＭで「私は四〇を過ぎて自由になった」と言っていましたが、六〇を過ぎるとどのように？

山本　「六〇を過ぎて足りなさを知る」、ですね。若い頃は、自分に足りないのは経験だけと思っていましたが、足りないものだらけということに気づきました。今までは何でも知っているつもりでいましたが、俳句を始めたら漢字が書けない、古語がわからないと知らないことばかりなんです(笑)。村上さんも私とほぼ同世代ですが、何か思うことはありますか。

村上　僕は今まで自分のために生きてきましたが、これからは人のために生きる部分を増やしたいなと思っています。自分の引き出しに入っているたくさんの言葉の中から、この言葉を使ったらみんながにっこりしますよとか、元気になれますよとか、「嬉しいことばの種まきおじさん」になりたいと考えています。

山本　この年齢になるといろいろ見えてくるものがありますよね。

村上 本当に！ いいお話を聞かせていただき、どうもありがとうございました。

信夫のときめきポイント

ときめきポイントだらけだ。山本容子さんに会えると思うだけでときめく。面と向かったら、もっとときめく。会話に引き込まれ、ときめきはピークに達する。NHK時代の一五年前、ニュース番組「おはよう日本」担当最終回に懇願してインタビューを実現させた。そのとき以来、ときめいたままの山本さんに、連載初回のご登場を懇願した。無理なお願いを軽やかに引き受けてくださり、感謝感激。「六〇を過ぎて足りなさを知る」という山本さんに脱帽。フリーになった今、現在完了形の充実した時間を過ごさねばと自戒。

（平成二十四年五月号掲載）

人の記憶に残る歌を届けたい

クミコ
（歌手）

くみこ●昭和 29 年、茨城県生まれ。シャンソン歌手。早稲田大学教育学部卒業。昭和 57 年、シャンソンの老舗「銀巴里」でプロデビュー。作詞家、松本隆氏に出会い、「わが麗しき恋物語」が大ヒット。平成 22 年、「INORI 〜祈り」でＮＨＫ紅白歌合戦に初出場。平成 23 年に石巻で東日本大震災に遭遇。「広い河の岸辺」がロングヒット。「先生のオルガン」が好評発売中。

撮影協力＝シャンソニエ 蛙たち

出会いが紡ぐ縁

村上　クミコさんが歌手デビューしたのは、かつて銀座にあったシャンソン喫茶「銀巴里《ぎんぱり》」だけど、今日の対談場所のここ「シャンソニエ　蛙たち」（銀座コリドー街）でも、時々歌っているんですって。

クミコ　ここは今年（平成二十七年）開店五〇年目を迎える歴史あるお店で、私も歌わせていただいてます。私にとっても、居心地のいいお店なんですよ。

村上　思えば、僕とクミコさんも長い付き合いになりますね。一五年くらい前、大阪のＮＨＫでたまたま通りかかったとき、挨拶したのが最初でしたね。

クミコ　あのときのことはよく覚えています。まったくの通りすがりだったのに、にこにことして挨拶してくださるアナウンサーの方も珍しかったので、〝せいせいとした〟感じの人だなと思いました。

村上　清々しいんじゃなくて、せいせいとした感じですか？

クミコ　湯上りに、よく〝せいせいとした〟と言うでしょう。そういうニュアンスですね。

村上　湯上りみたいな印象だったんだ（笑）。僕の場合、人にインタビューするときはちょうどいい湯加減を考えながら話を引き出していくんです。今日はぬるめがいいとか熱めがいいとか、そのときどきで相手が心地よくなる湯加減の言葉を選んで話を進めていくんです。だから湯上りの人だなんて言われるとうれしくなるな。クミコさんからは、能天気だとも言われていますが(笑)。

クミコ　それはお付き合いが深まるにつれ、わかったことです(笑)。村上さんは〝ツメが甘いな〟と思うの。でも私は、基本的にツメの甘い人のほうが好きよ。

村上　クミコさんはブログに「村上さんはハンサムだ。でも村上さんは自分がハンサムでカッコいいことを、もしかして知らない。知ってはいても気にしていない。どうでもいいと思っているふしがある」と書いてくれたでしょう。どうでもいいと思っている僕をわかってくれる人なんだと思ってうれしかったですよ。

クミコ　ちょっとほめ過ぎだったかしら(笑)。でも自分ではどうでもいいと思っている辺りに、ツメの甘さを感じるわけですよ。

村上　僕も不器用なので、サラリーマンとしてはツメが甘かったかもしれませんね(笑)。クミコさんはどうなんですか。

クミコ　私はツメそのものを考えず、流れのままにいくタイプですね。私の人生って行きあたりばったりでやってきたから、きちんとツメていくということがなくて。

村上　歌手になったことも？

クミコ　そうなの。大学卒業間際に、たまたま向こうから歩いてきた女の子に「バンドをやらない？」と誘われて、その足で渋谷のスタジオに行ったのが始まり(笑)。

村上　それで、ジリオラ・チンクエッティ（イタリアのポピュラー歌手）の「夢見る想い」という歌を唄ったときに、ものすごく感激して、「歌を一生の仕事にしたい」と思ったそうですね。

クミコ　えっ、あの「タラララ〜♪（ハミングする）」って、ジリオラ・チンクエッティの歌だったの〜？　いま初めて知ったわ！

村上　ハハハハ。ここでクミコさんのツメの甘さが露見したね。

クミコ　本当ねえ(笑)。あの歌を歌ったときはもうびっくり。私の声は低いから、声楽をやっていた人のように高いキーが出なくて、学校の音楽の時間でもうまく歌えなかったんです。でもその歌は私にぴったりのキーだったから、歌ったらすごく気持ちがよくて涙が止まらなくなっちゃった。それで、これは歌手になるしかないと(笑)。

大きな力に身を任せて

村上　書道家・武田双雲さんの言葉を借りると、クミコさんの人生は〝行きあたりばったり〟とじゃなくて、〝行きあたりバッチリ〟ですよ。

クミコ　じゃあ修正します(笑)。いや、でも……、バッチリかどうかはやっぱりわからないかも。

村上　自分に疑心暗鬼ですねえ。

クミコ　よく言われるの！　もう少し自信をもちなさいって。でも自分で何も選択しないままやってきたから、自信がないのね。自分に転機をもたらす人との出会いも偶然ばかりで、「あ、こうなっちゃった」の連続だったんです。自分が石巻にいたとき震災に遭ったこともそうだし、すべて私の思いもしなかったことで変化が訪れるから、あれこれ考えても仕方がないと思うようになりましたね。

村上　偶然の出会いではなく、必然だったのかもしれませんよ。

クミコ　確かにね。私は毎朝、必ず東のほうを向いて太陽に祈るんです。自分はこうなり

「私は基本的に能天気。あれこれ考えないことに」――クミコ

たいと願うんじゃなくて、何も考えずに手を合わせます。そうすることで心も落ち着くのね。そして「私が必要とされているならば、今日も生かさせてください」と、目に見えない大きな力の存在に祈っています。

村上　太陽や月には、自然に手を合わせたくなりますネ。

クミコ　自分ではどうなるかわからないので、大きな力の存在にお任せしますという感じですね。

村上　自分からこうなりたいという願望は強くないんですか。

クミコ　今までの経験から、そんなことを考えること自体が無駄に思えています。平成二十二年の紅白歌合戦で歌った「ＩＮＯＲＩ～祈り」にしても、それまで被爆者のつらい思いを一緒に背負いながら歌ってきたから、「さあ、平成二十三年は恋の歌でも！」と思った矢先に、今度は震災に遭ったでしょう。自分でこうしようと思ったことはことごとく外れる人生だったので、流れのままにいこうという境地になったんです。

村上　自分から道を切り開いていったわけではなく、起きた出来事によって導かれながら、だんだん道が決まっていったんですね。石巻で震災に遭遇して、歌手としての変化もあったでしょう？

クミコ　わかりやすい言葉やメロディーで心に伝わるような歌を求めるようになりました。天災に対して人は無力だということもわかったし、大声で「がんばれがんばれ」と言うことも無意味だと知りました。そのせいか、大げさにやることがすべて嫌いになって、絶叫型の押しつけがましい歌に違和感を覚えるようになって。あまり仰々しくなく、どこか記憶に残るような歌をさりげなく届けたいと思うようになりましたね。

歌は課せられたミッション

村上　ロングヒット曲となった「広い河の岸辺」も、計らずして向こうからやって来たん

「湯上りのような男と言われて、なんだかうれしい」――村上

ですよね。昔からあるスコットランド民謡にケーナ奏者の八木倫明《やぎりんめい》さんが日本語の訳詞をつけて、ぜひクミコさんに歌ってほしいと頼まれたそうですね。

クミコ　ちょうど私もああいう歌を求めていたんです。被災地のみなさんと一緒に歌える歌がないかと探していたときに、八木さんからお手紙とＣＤが送られてきて、これだと思いました。

村上　被災者の方たちや、人生に行き詰まりを感じている方の心に寄り添うような歌ですよね。

クミコ　三五〇年もいろいろな人によって歌い継がれてきた歌ですから、何か、とてつもない力をもった歌という感じがします。この歌が時期を合わせたように日本へやって来たのも、長く生き残っていくためであって、訳した八木さんや歌い手の私はこの歌のもつ力に動かされたのかもしれません。私自身、この歌の〝使い走りをさせられている〟ような感覚があるんです。つまり、今この時期にこの歌を歌うことが、私に与えられたミッションなのかなと。私という歌い手は消えても、この歌がみんなに歌われ続けてずっと残っていけばいいとだけ思っています。

村上　自分が〝歌の使い走り〟だと思っている歌手はそうそういませんよ（笑）。世の中に必要とされなくなったら、それはそれでいいと思っているんですか。

クミコ そこは大きな力の決めることだから、仕方がないと思うわね。もちろん努力や精進はするけど、なるがままです(笑)。

村上 じゃあ、クミコさんは、なんのために歌っているんですか。

クミコ 私にとって、歌うのは楽しいことじゃないんですよ。歌は自分のためじゃなく、誰かのために歌っているという意識があるので、自分の歌を必要としてくれる人のために歌うのが私のミッションだと思っています。

村上 自分をすり減らして歌っているから、楽しいとは思えないんですね。でもクミコさんの歌に心を震わせてくれる人がいたら、うれしいと思うでしょう。

クミコ それはもちろんうれしいですよ！　みなさんの心を揺さぶるような歌をお届けできたら、自分の役割を果たしたことになるし、ミッションがうまくいってよかったと思うもの。でも自分自身がうれしいとか、楽しいとかいう気持ちとは少し違いますね。

村上 あ、わかった。クミコさんはみんなの心に届けたいから、メロディーやリズムより、ことさら歌の言葉にこだわるんですね。

クミコ 心に寄り添うためには言葉が大切ですから。

村上　言葉って上滑りしてしまうことも多いんです。「伝える」ことは誰にでもできるけど、「伝わる」ことはけっこう難しい。そういう意味でも、若い頃に辛酸をなめてきた経験は無駄ではなかったと言えるんじゃないですか。

クミコ　回り道も無駄ではなかったですね。本当は直線でいくのが理想的ですが（笑）。

村上　クミコさんは、今の自分を斜め後ろから見ようとしているところがありますよね。

クミコ　私はうまくいかなかったことが多かったので、そのときの状況を大きな視線から俯瞰して見ていかなければやっていけなかったんです。そのクセがついているのね。生活の知恵かも（笑）。

村上　でも眉間にしわを寄せて生きてきた感じはしませんよ。

クミコ　だから私も村上さんと同じで、基本的に能天気なのよ～（笑）。どうでもいいかと思っちゃう。あ、でも能天気って、なんでも天気にしてしまう能力ってこと？　だとしたら、すばらしい能力かもしれないわね！

村上　二人の共通項は、能天気というすごい能力の持ち主だったということで、最後はお互いにいい気分で締めくくりましょうか（笑）。

信夫のときめきポイント

一つ違いのクミコさんは、同時代の空気を吸ってきた親近感がある。壁も気取りもない、取りつく島はいっぱい。たくさんしんどい思いもしているのに、それはおくびにも出さず、気遣いの人だ。すべての経験が歌に生きている。クミコ湯の湯かげんは最高！　湯上りいい気分！

（平成二十七年六月号掲載）

誰にも負けない情熱で命をつなぐ

天野 篤

（順天堂大学医学部教授）

あまの・あつし●昭和30年、埼玉県生まれ。順天堂大学医学部心臓血管外科教授。日本大学医学部卒業後、関東逓信病院、亀田総合病院、新東京病院、昭和大学横浜市北部病院を経て、平成14年より現職。心臓を動かした状態で行なうオフポンプ手術の第一人者。平成24年、東京大学医学部附属病院で行なわれた天皇陛下の心臓手術を執刀。著書に『一途一心、命をつなぐ』（飛鳥新社）、『熱く生きる』（セブン&アイ出版）などがある。

紆余曲折の人生を経て

村上　天野さんの著書を読ませていただきましたが、じつに納得のいくことばかりでした。天皇陛下の執刀医として一躍知られる存在になり、変化もあったのでは？

天野　最近では小学三、四年生用の道徳の教科書の人物のコラム「働くすがたが、かがやいている人たち」に載ったことがうれしかったですね。高校生の娘からは「道徳のない人が道徳の本に載っている」と言われましたが(笑)。

村上　アハハハ。どこの子どもも親には手厳しいですね。

天野　たまの休日も家族サービスをせずパチンコに行くような父親ですからね(笑)。

村上　天野さんは高校時代からマージャンやパチンコの腕がプロ級だったそうですね。

天野　一生食べていけると思えるくらい極めました(笑)。高校に入学した頃までは勉強をしなくても成績がよかったので、この分なら東大も合格圏だと遊んでばかりいたら三浪して(笑)。何とか日大に滑り込むことができました。

村上　しかも大学の医局には残らず、通常のコースとは異なる道を選ばれた。一般病院を渡り歩いて手術の腕を磨いた異色のドクターですよね。

天野　傍からはワンダリング・ドクター（さまよえる医師）と言われましたが、患者さんの口コミでどんどん手術数が増えていきました。そのために人一倍努力をしてきましたが、私には「この患者さんの命を全力で救うぞ」という気持ちがものすごくあるんですよ。

村上　それはお父さんを心臓病で亡くしていることが大きく影響しているのでしょうね。医師の道を歩み始めたのも、お父さんの病気がきっかけだそうですね。

天野　はい。父は心臓弁膜症で、六六歳のとき、三度目の手術のあと亡くなりました。二度目は助手として、三度目の手術のときは見学者として立ち会いましたが、現在の医療技術をもってすれば助けられたはずです。父を救えなかった後悔は今も強く残っていて、あいうことは二度と繰り返してはならないという思いが今の自分の原動力です。

村上　お父さんの死がよほどこたえたのですね。

天野　これは最近気づいたことなんですが、父の二回目以降の手術は明らかに私の判断ミスでした。手術するタイミングを含め、私の決めたことすべてが悪い結果を招いてしまった。「もう失敗はするなよ」という父の思いを背負いながらやっているところがあります。

村上　僕は、親父のことが大好きだったと亡くなってよくわかりました。講演会では親父の存在を伝えたくて、親父の遺した言葉を話しますが、普段は、生きているうちにもっと話を聞いておけばよかったと後悔が先に立ってしまいます。天野さんにも、外科医としてお父さんを助けられなかったという後悔があるんでしょうね。

天野　忘れたくても忘れられないんです。東日本大震災が発生した最中の手術が父と同じ心臓弁膜症の再手術で、そのときも父への思いが重なり、「何があってもこの患者さんは助けるからな！」と言っている自分がいました。余震が続く中、無事手術を終えました。

村上　今もお父さんの夢をしょっちゅう見るとか。

天野　よく出てきます。父は、近くて遠い、自分が超えられない存在なんです。

天皇陛下の執刀医として

村上　お母さんはお元気なんですか？

天野　母は私が教授になる少し前に認知症を発症し、今はもう何もわかりません。私が子どもの頃オール五を取ると一番喜んだ人なので、三浪で医者になった私が順天堂の教授になったというだけでも、どんなに喜んだかと思います。母は「お前はもう私たちのものじゃない。人様の役に立つのがお役目なんだから身内の葬式にも来なくていい」と言う人でしたから、私の医者としての姿勢は母に教わったことも多いんですよ。

村上　親って偉大ですよね。じつはつい先頃、僕の母が亡くなったんですが、親父もおふくろも最後に言った言葉が期せずして同じでした。僕はその日が最後になるとは思いもせず「今日は帰るよ」と声をかけたら、二人ともいい年をした息子に「気をつけて」と言ったんです。そのうえ、旅立ちの日を、僕の仕事に影響が出ないように選んでくれた気がします。「子孝行」というか、最後まで親の心配りを感じました。

天野　「親孝行したいときには親はなし」という言葉は、自分のためにある言葉だと思っています。両親はもう「あれが食べたい、これをしたい」と言えなくなったので余計、高齢の患者さんが元気になって自分のやりたいことをしてほしいと願うのかもしれません。

村上　高齢で手術をする患者さんも増えてきているそうですね。

天野　これまでの最高齢は九八歳の方で、八〇代以上の方も一五パーセントくらいいます。

村上　天皇陛下もすっかりお元気になられましたよね。

天野　手術をしたらお元気になると確信していましたが、強行日程の中でインドを訪問されたことは私の大きな喜びでした。

村上　その後のご活動ぶりを見ても、少し前まで心臓が悪かったとは思えないです。

「誰にも負けない情熱が自分を作ってきました」——天野

天野　陛下が心臓手術をしたことはみなさん知っていますが、それを忘れさせるほどお元気なことが手術成功の証で、自分の励みになっています。

村上　東大チームの中に天野さんが抜擢されたわけですが、術後の記者会見では普段通りに手術できたと言っていましたよね。でもやはり緊張されたのではないですか？

天野　天皇皇后両陛下が、いつも通りにやってくれればいいというような雰囲気作りをしてくださったので、普通の医者と患者という関係でいられたような気がします。いつも患者さんをリラックスさせるためにいろんな話題でコミュニケーションをとるんですが、両陛下は逆に私のことを気遣ってくださって「順天堂大学は駅伝が強いですね」とか、自然な形でお話しできたことが大きかったです。皇后さまのやさしさオーラも力になりました。

村上　両陛下のお人柄に触れて、感じ入るものがあったと……。

天野　両陛下はこの日本の中で最も重い責務を背負われながら生きておられる方だと思いました。にもかかわらず、すべてを受け入れて感謝するという姿勢は、国民のために生きるというお気持ちがお強いからでしょう。お二人にお会いできて大きな学びになりました。

村上　その後、天野さんご自身も変わったということでしょうか。

天野　どんな患者さんにも、これがベストだという形を納得するまで見つけ、ギリギリまで自分の全力を尽くそうという思いを新たにしました。

村上　そういう意味では天皇陛下の執刀医になったことが相当プラスになりましたね。

天野　私は今、世界で一番の心臓外科医だと自負しています。相手の方の地位は関係なく、飛び込みの患者さんにも最高の手術ができるということです。

村上　それだけご自分の腕に自信があるということですね。世間では「神の手」と言われていますが、天野さんは「自分の手はものさし」とおっしゃっている(笑)。

天野　手術中は、自分の経験で培ってきたものを目の前の患者さんにピタッと合わせるような「ものさしの手」になっています。周りからはすごいスピードで動いていると見えるようですが、私の中では幽体離脱して上からスローモーションで見ている感覚なんです。

「両親は最後まで僕を気遣う気持ちがありました」――村上

村上　四〇代のとき占い師の患者さんが天野さんの行く末を示唆した話も聞きましたが。

天野　末期の肝臓がんで不整脈があるという女性に、「先生の相を見ると、このままでは先行きがない。もっと能率の上がる方法で多くの人のためになる貢献をしなさい」と言われたんです。それでマスコミから依頼される仕事や講演も断らず、日常生活でも人が喜んでくれそうなことを積極的にやるようにしました。その二年後に大学教授の話がきて、人にプラスのことをすれば自分にもプラスのものが返ってくると思うようになりました。

村上　科学者なら一笑に付してしまうところを、生き方を変えようと思ったのがすごい。

天野　私は誰の言うことにも耳を傾けて、スタッフの意見も全部聞くようにしています。

村上　そんなご自分を一言で表わすとしたら？

天野　「一匹狼の用心棒」ですね。仕官していない剣の達人が、仕事を頼まれれば相手をなぎ倒し、仕事が終わればやさぐれて酒でも飲んでいる。そんなイメージです(笑)。

村上　敵を殺す用心棒ではなく助ける用心棒ですけどね(笑)。

天野　でも品行方正ではなくて、パチンコに行ったりする(笑)。

村上　天野さんは本好きと聞いていますが、歴史小説もお好きだとか。今は順天堂という「藩」に属しているけど、一匹狼の用心棒感覚で仕事をしているんですね。

天野　将棋の駒でいえば「桂馬《けいま》」の感覚です。桂馬は位こそ低いけれど、勝つためには必要な駒です。私はエリートではありませんが、桂馬と通じるのは二流の人間が一流の相手に王手をかけるあたりでしょうか。誰にも負けない情熱と好奇心が自分を作ってきたので、それがなくなったら心臓外科医だけでなく、医者をやめる覚悟もできています。

村上　今日は心がときめいて、心臓が波打っています。またぜひお会いしたいです！

信夫のときめきポイント

対談後、魂の抜け殻状態、放心状態だった。魂が行き交う出会いだった。「一途、一心」に生きている天野さんは、ぶれずに、何の構えも見せない人だった。自信をもった人だが、それは過剰ではなく、適度でもなく、天野さんにしか計りえない自信の尺度だ。自らの腕を「世界一」と言い切っても、決して傲慢に聞こえないのが不思議な人だ。

（平成二十六年九月号掲載）

転機と変化、すべてを糧として

石丸幹二
（俳優・歌手）

いしまる・かんじ●昭和 40 年、愛媛県生まれ。幼少の頃からさまざまな楽器に親しみ、東京音楽大学でサックスを専攻するが、中退して東京藝術大学音楽学部声楽科に入学し卒業。劇団四季にて 17 年間、活動を続ける。平成 19 年 12 月に退団したのちは、充電期間を経て俳優活動を再開。舞台、映像分野、コンサートなどで幅広く活躍し、テレビドラマ「半沢直樹」「ルーズヴェルト・ゲーム」でも反響を呼ぶ。公式HP　http://ishimaru-kanji.com/

劇団四季を退団して

村上　石丸さんが劇団四季を退団されたのは、平成十九年の十二月でしたね。退団後は、ご自分の中で何か変わられましたか？

石丸　自分で何かを創り出さねばならない環境になりましたね。劇団にいた頃はレシピ通りに料理を作る感じでしたが、退団後は自分で考えた創作料理を作らなくてはならない。その違いに気づいたとき、自分の中の発想する力が少ないのに、愕然としました（笑）。

村上　それだけ劇団の世界とフリーの世界が違っていたんですね。

石丸　どちらにもそれぞれよさがあります。劇団でよかったのは、年中舞台に立てていたので自分の演技を磨けたことです。あれだけの数の作品を創り上げていく劇団ってすごいなとあらためてわかりました。やめてからは、自分発信で新しい挑戦をすることが可能でもあるのですが、オファーがないと、舞台に上がりたくても上がれない。

村上　わかります。僕もＮＨＫ時代は安定した環境の中で仕事ができましたが、やめたら自分で作り出していかないと仕事が来ない。でも今は自分で主導権を取れる楽しさがあります。石丸さんは満を持してやめられたんですか？

石丸　僕の場合は体調不良ですね。やめざるをえない状況になったんです。
村上　逆に言うと、体の変化が新しい世界へと後押ししてくれたとも言えますね。
石丸　四二歳でした。
村上　あ、男の厄年ですね。その前にも予兆はあったんですか？
石丸　突然でした。今までできていたことができなくなったんです。体は正直で、ここは一度活動をストップしなければと思いました。
村上　活動を再開するまで、どのくらい休養されたんですか。
石丸　一年半です。不思議なことにやめたとたん他にも故障が一気に噴き出してきて、本当に歩けなくなったんですよ。だから一年くらいかけて体をケアしてゆきました。
村上　へえ、そんなことが……。
石丸　まずは散歩から始めました。ただ、自然と触れ合いながら日常的な人の営みをこの目で見られたのは大きな収穫でした。舞台俳優はいつも自宅と劇場の往復で、限られた視点の中で生きています。休息の時間を得たことで、見えなかったものが見えてきたんです。

心に残る伝え方をしたい

村上　じつは僕、四季時代に石丸さんにお会いしたときは、とっつきにくいところがあるなと感じていたんですよ(笑)。でも石丸さんが出演したNHKの番組「旅のチカラ」(平成二十五年一月放送)を見てから、あなたを見る目が変わりました。

石丸　舞台に関わっているときは役のイメージを崩さないように答えています(笑)。

村上　番組では、フランスの歌手、アンリ・サルヴァドールが八三歳で出したCDを聴いて、「ささやくような情感のある歌声に衝撃を受けた」と言っていましたね。それで彼の人生をたどる旅に出かけられたと……。石丸さんご自身も、あの旅で変わったんじゃないですか。

石丸　変わりましたねえ。広い劇場でミュージカルをやるときは、どうしても表現が過剰になってしまいます。でも、アンリの歌はできる限りのものを削ぎ落とした完成形のように感じられて、これから年齢を経ていく中で習得すべき歌い方だなと目標が定まった気がしました。

村上　高らかに歌わなくても、人の心に伝わる歌い方があると気づいたわけですね。
石丸　彼の技法は、九〇歳になっても歌えるような歌い方でした。
村上　アナウンサーの世界でも、力を入れて朗読するより、力を抜いて静かに読んだほうが、聞き手の想像力をかきたててしっかり伝わることがあります。
石丸　聞く人が気持ちよくなる声やトーン、間合いで伝わり方が違ってきますね。
村上　言葉に思いが入っていなければなかなか伝わりません。ニュースもきちんと理解しないと伝わらないんです。
石丸　発信する人間は、まず自分の中に落とし込むことが大事ですね。
村上　大学で声楽を学ぼうと思ったのは、クラシック歌手のジェシー・ノーマンの歌を聴いたのがきっかけだと聞きました。
石丸　彼女の表情豊かなパフォーマンスに、一聴衆として吸い寄せられたんです。歌は誰かに届けるために歌うもの。そうでないと意味がないと気づきました。
村上　聴き手がいてこその音楽だと思ったんですね。観客が目の前にいないテレビや映像の世界に場を移してからはどうですか。
石丸　こちらから視聴者が見えなくても、セリフであれ歌であれ、心に響くものを届ける

「貴公子役はやり尽くした感が。悪役もおもしろい」――石丸

のが務めだと思っています。

村上　石丸さんの人生を見ると、これまでに、いろいろな変化が訪れていますよね。小学校で鼓笛隊、中学で吹奏楽、高校でチェロ、東京音楽大学ではサックスを専攻していたのに、東京藝術大学に入り直して、声楽科に進まれました。変化を求め続けるタイプなんですか。

石丸　自分のやりたいことが三年ごとに変わるものですから(笑)。三年くらい経つとだいたい先が見えてきて……、悪く言えば、飽きっぽいんでしょうね。

村上　女性も三年ごとに飽きちゃうとか(笑)。

石丸　なんということを～。より末永く、ですよ(笑)。

村上　アハハハ。でも劇団四季には一七年もいました。

石丸　それまでとは違ってプロの世界ですからね。ミュージカルの舞台に立ち続けるためには、歌唱力だけではなくて、踊り、演技と磨いてゆかねばなりません。永久に答えが出

せない厳しい世界です。ただ、学生として学んだことはすべて無駄にはなっていません。コンサートではサックスも吹きますし、表現者、石丸幹二のもつ武器の一つになっています。

村上 劇団をやめてからは、かつての貴公子のイメージとは違う役柄もやっていますね。

石丸 貴公子役はやり尽くした感があります。四〇代の男に似つかわしい役があり、今しかできない役があると思っています。

村上 でも貴公子役の石丸さんを長く見てきたファンの方からすれば、ドラマ「半沢直樹」の悪役として演じた浅野支店長役は石丸幹二ではないと感じた人もいたのではないでしょうか。

石丸 そうでしょうね。でも石丸幹二はこういう役もやるんだと思ってくれたはずです。

村上 悪役を演じてみていかがでしたか。

石丸 おもしろかったですよ。人間臭さとか人の弱さを、どのくらい出せるかというとこ

「石丸さんに取りつく島ができました」——村上

ろに重きを置いて演じました。

村上 ドラマ「ルーズヴェルト・ゲーム」では、中間管理職の弱さもうまく出していましたね。

石丸 あの役は、悪役を演じるより難しかったです。

村上 最終回のとき、あえて下手な投げ方でキャッチボールをするシーンが感動的でした。

石丸 あれはもともと台本になかったんですが、最終的に言葉なしでコミュニケーションを取るシーンが加えられました。

村上 会話はキャッチボールと同じで、相手が受け止めやすいボールを投げると、うまくやりとりができます。キャッチボールのシーンには、そんな意味が含まれていたんでしょうね。

石丸 そのシーンのリハーサルのとき、会長役の山崎努さんから、言葉はなくても態度で表現するということを教えてもらいました。監督も、僕と山崎さんのコミュニケーションの場として入れたのだと思います。山崎さんは演技していないような演技をする。ああいう演技が理想です。

人間として品を感じる役を

村上　「釣りバカ」の運転手役の笹野高史さんは、セリフがなくても、その日の自分の背景をイメージして演技すると話していました。役作りもそこからですよね。

石丸　そういう見えないところの設定作りを僕らは「ゼロ幕」を作ると言いますが、僕もかなりしっかり作ってから臨みますね。

村上　石丸さんのお好きな役者さんは、高倉健さんと吉永小百合さんだそうですネ。

石丸　お二人には品を感じるんです。どんな役をやっても下品にならないでしょう。私も、人としての品が感じられる演技をしたいと思っているので、お二人のような役者を目指したいです。

村上　悪役でも、下品にならないように演じたいと？

石丸　はい。それぞれの登場人物には役目である〝任《にん》〟があって、〝任〟に合った人が役に入るとものすごい輝きが出ます。僕も悪役などいろいろな役を経験してゆく中で、いつかは自分の〝任〟に合った役に落ち着くんでしょうね。

村上　今後は舞台、映画、テレビ、歌手活動、どこに重点を置こうと考えていますか。

石丸　コンサートなど、石丸幹二という名前で自分を表現するやり方と、ある役柄になって表現する二つの方向でやっていくつもりです。

村上　平成二十七年のNHK大河ドラマ、「花燃ゆ」の出演も決まっているそうですね。

石丸　長州藩の重臣、周布政之助《すふまさのすけ》役で出演します。また中間管理職の役です(笑)。彼には酒癖の悪さがあったようで、演じるうえではそれもおもしろいなと思っています。

村上　石丸さんご自身はお酒が入るとどうなるんですか。

石丸　本音が出てきて、言わなくてもいいことまで語ってしまいます(笑)。でも、それも今回の役に生かすことができそうですね。

村上　僕の知り合いに、普段はまじめな人なのに酒が入ると人柄がガラッと変わる人がいました。でも最後は必ず正気に戻るんですよ。きっちり割り勘にして会計する(笑)。

石丸　それ、いただきましょう！　最後は正気に戻ると(笑)。

村上　石丸幹二のまた新たな一面が出てきそうですね。楽しみにしています！

信夫のときめきポイント

人は、変化する。変化の手ごたえを感じたとき、この上なくうれしいものだ。偶然手にしたシャンソン歌手、アンリ・サルヴァドールのCDを聴き、情感が滲み出るささやくような歌声に、自分が求めていた声だと直感したときの石丸さんの喜びがよくわかる。それは偶然でなく必然だったのだろう。

（平成二十六年十一月号掲載）

演じることで人間を掘り下げる

余 貴美子

（女優）

よ・きみこ●昭和 31 年、横浜市出身。劇団「自由劇場」「東京壱組」を経て、映画、テレビへと活動の場を広げる。平成 20 年度、毎日映画コンクール田中絹代賞を受賞。「おくりびと」「ディア・ドクター」で 2 年連続日本アカデミー賞最優秀助演女優賞受賞など、受賞歴多数。テレビドラマも「ちゅらさん」「龍馬伝」など多数出演、幅広い役柄を演じている。
撮影協力=アマノスタジオ

生まれ育った横浜は磁場

村上　余さんは横浜生まれ横浜育ちで、横浜をこよなく愛しているとうかがいました。今日の対談場所も横浜・馬車道の写真スタジオですが、ここにはよくいらっしゃるんですか。

余　ここはカメラマンの森日出夫さんのスタジオです。横浜の写真を撮り続け、横浜を愛する森さんのことが好きなメンバーが、何かと集まってきては飲み語る場所なんです。

村上　結婚するまではずっと横浜に住んでいたんですよね。

余　今は東京に住んでいますが、どうしてもこちらに足が向いて帰ってきてしまいます。地元愛が強いから、磁場のような感じでしょうか。地元の方たちとは小さい頃から家族同様のお付き合いをしてきたので、安心感もあるんです。

村上　余さんにとって、横浜で特にお気に入りの場所はどこですか。

余　元町中華街あたりですね。父は大陸から台湾に渡った中国人ですから、食材は中華街で買っていました。

村上　お父さんを通して、日本の食習慣との違いを感じたこともあったのでは？

余　日本人のお友だちのお誕生日にはかわいらしいケーキが出てくるのに、うちは誕生日といえばソーメンとゆで卵なのでガッカリしたものです(笑)。細く長く丸く収まるようにとか、特別な日に食べるものはその意味合いが重視されました。

村上 昔からのしきたりや言い伝えを大切にするんですね。

余 先祖もすごく大事にします。私も祈るという習慣が身についていて、今でも毎朝ご先祖さまのお仏壇に手を合わせ、帰宅したときもまっ先にお参りします。先祖の誰一人欠けても自分は存在しないと思うので、先祖を敬うのは自分を戒めることでもあるんです。

村上 僕も子どもの頃は、お墓参りに行くと必ず親父がここに入っている人はこういう人でと説明してくれました。ただ、昔は土葬だったので、お墓に行くのは恐かったですね。今は、お墓参りをすると気持ちがいい。いずれ自分がそこに入ると思うせいかな(笑)。

余 そうそう。あの世とこの世の境目が薄くなっていくようで(笑)。最近は友人と死についてよく話すようになりました。雑誌でもお墓の準備とか年金の記事に目がいきます。

村上 じゃあ、余さんが出演された映画「おくりびと」は興味深かったんじゃないですか。

余 はい、誰でも関心のあるテーマですから。最近のＮＨＫドラマ「つるかめ助産院」では助産師の役なんですが、助産師は親よりも先に子どもを取り上げるから「むかえびと」と言われているそうです。今度の役は正反対！

村上　そうかぁ。「おくりびと」もやれば「むかえびと」もやるんだ(笑)。

余　人間は何億年もの年月をかけて進化を遂げてきましたが、そういう未知なる人間が十月十日お腹の中で育って出てくるわけですから不思議ですよね。そんなことを改めて考えたり、さまざまなことを学べるので俳優っていい仕事だなと思います。

村上　いろいろな役をやりながら、縁のなかった世界のことも知るわけですね。この道に入ったのは、従姉の范文雀《はんぶんじゃく》さんが女優として活躍していた影響もあるんでしょうね。

余　それもあったかもしれません。彼女が「サインはV」のジュン・サンダース役で出ていたとき、私が知っている普段のブンちゃんとはまったく違う人になっていたので、俳優という仕事に興味をもったのも確かです。

村上　余さんは、怪人二十面相さながら、あるときは妖艶な美女、あるときは殺人犯、底抜けの明るい人から底なしの暗い人まであらゆるタイプの女性を演じています。役作りのために相当な努力をしているんでしょうね。

余　演じるときは、私とはまったく異なる人になるので、その人のことについて深く考えます。でも違う人になるというのは楽しいものです。人間というのは謎だらけで、私は人間そのものに興味があるからやっているのかもしれません。

村上　余さんは毎回どの役になっても、かりそめにその役をやっているんじゃなく、ずっと前から「その人」だったように感じさせます。それはこの人にはどういう背景があってとか、じっくり考えているんですね。役者をやっていてよかったと思った体験もありますか。

余　私の芝居を見た方から「死ぬのをやめました」というお便りをいただいたことがありました。そのとき、こんな私でも力になれたんだとうれしくて。これからも人の心に影響を与える俳優になりたいと思います。

NHKつながりで話が弾み…

村上　自分が誰かの役に立ててよかったと思う経験は僕にもあります。少し自慢してもいいですか（笑）。

余　どうぞどうぞ！　もう自慢大会にしちゃいましょうよ（笑）。

村上　ラジオで「夫婦で奈良公園に行ったとき、妻が鹿に襲われたのに、一緒にいた夫は一目散に逃げ出した」というお便りを紹介しながら、僕は思わず「**シカ**たのないご主人で

「人の心に影響を与える俳優になりたいです」――余

すね」と言ったんです。さらに続きがあって、逃げた夫は足を捻挫したと書かれていたので「もっと**シカ**たのないご主人だ！」と言ったんです。すると放送を聞いていた方から「最初のシャレでクスリ。二度目は声を立てて笑いました。九か月ぶりに笑いました」というお便りが届いたんです。

余　九か月も笑っていなかった？

村上　妊娠した子を出産前に二回も続けて亡くし、笑う気力も失っていたそうです。僕はよく冗談で「ダジャレの言いすぎでＮＨＫを辞めました」と吹聴しているんですが、僕のダジャレに生きる力をもらったという人もいるんですから、ばかにできないでしょう（笑）。

余　そうですね（笑）。村上さんはＮＨＫ時代とフリーの今を比べていかがですか。

村上　辞めてからのほうがイキイキしていると言われることが多いんです（笑）。民放とＮＨＫでは、マイクの位置から作法まで違うことが多いので、それをおもしろがっている自分がいます。余さんもＮＨＫと民放の仕事では違いを感じますか。

余　何といっても、ＮＨＫは、日本中で、そして海外でも放送されているってことですよね。私も朝の連続テレビ小説「ちゅらさん」に出てから全国的に知られるようになりましたから、何といっても認識度の違いを感じますね。

村上　やはり全国放送というのは強いですよね。

余　ＮＨＫの時代劇では、こういう動作をしてはいけないという決まりもあるんです。さよならのときバイバイするような動作はしないとか、よくやったとほめるのに拍手するのはダメとか、昔の日本人にそういう動作はなかったからと言われます。

村上　ゴールデンウィークとも言いません。ゴールデンじゃない人もいるので、大型連休と言いますね。

余　ＮＨＫには、使ってはいけないご法度の言葉がたくさんありますものね。

村上　さすが、事情に詳しい。ＮＨＫにお勤めの方とご結婚されただけあります(笑)。

余　親に結婚すると話したとき、ＮＨＫに勤めている人というだけで信用されました(笑)。

「ＮＨＫ辞めてからイキイキしてるねと言われます」――村上

村上　逆に、ＮＨＫのアナウンサーなのに読み間違いは許されないとか、品行方正でなくてはいけないとか、そういう固定観念もあります。ＮＨＫとはいえ普通の人間なんですが。

余　アナウンサーさんは本番で「一発勝負」の仕事だから大変だなあといつも思っていました。

村上　僕は生の緊張感が好きです。文化放送で初めてＣＭの提供読みをしたときは生読みさせてほしいと頼みました。普通は録音したものを流すそうですが、僕のプライドもあって、以来ずっと生で読んでいます。

余　いい声にもいろいろな種類がありますけど、村上さんの声はすぐわかりますね。

村上　そうですか。あ、そうそう、この間タクシーに乗ったとき、運転手さんとは二言三言話しただけなのに、「お客さん、ＮＨＫのラジオビタミン、聴いていましたよ」って言われました(笑)。テレビは記録するメディアですが、ラジオは記憶されるメディアだと思うんです。声も記憶されるんでしょうね。

余　村上さんご自身のオフレコのお話もうかがいたいわ。

村上　あ、もう時間が……。それは、いずれまた、今度は中華街あたりで(笑)。楽しみにしております。

信夫のときめきポイント

余談だが、帰りがけ、真っ先にエレベーターに飛んで行き、ボタンを押して見送ってくれる気働き。人柄のよさがにじみ出ている。有り**余**る才能をあるように見せない**余**裕。**余**人をもって変えがたい役柄が多い。話題も豊富で持て**余**すことがない。**余**りにもときめくことが多い。

（平成二十四年十一月号掲載）

歌もトークも、答えは客席にある

藤澤ノリマサ（歌手）

ふじさわ・のりまさ●昭和 58 年、北海道生まれ。歌手。武蔵野音楽大学声楽科卒業。クラシックの声楽家だった父とポップスの歌の先生だった母をもち歌にあふれる家庭で育つ。平成 20 年「ダッタン人の踊り」でデビュー。ポップスとオペラの歌唱を融合させた「ポップオペラ」という独自の音楽ジャンルで活動を続ける。アルバムに「POP OPERA THEATER ～ 5th Anniversary Best」「Sogno～夢～」など。公式 HP　http://www.fujisawanorimasa.net/

イジられキャラが人気に

村上　ノリマサくんと一緒にやった「ラジオビタミン」の「ノリノリクラシック」は本当におもしろかったね。あなたのノリの良さでクラシック音楽をわかりやすく解説してもらおうと企画したら、大人気のコーナーになった。

藤澤　「ラジオビタミン」に出てから、広く知ってもらえるようになりました。村上さんがさりげなくライブの案内をしてくださるので、リスナーの方にも来ていただけたし、「村上さんにイジられていましたね」と声をかけられたりもしました。

村上　ノリマサくんはイジられキャラだからね(笑)。「明日の放送の原稿がまだ届いていないけど、ノリマサ、この放送聴いてる～？」って、放送で催促したこともあった(笑)。

藤澤　僕も放送を聴いていて、わぁ、全国放送で聞いてきたぁ～、と驚いて(笑)。あのコーナーでは毎回「バッハさん」とか「ベートーヴェンさん」とか親しみを込めながら、一人の作曲家に焦点を当てて解説しましたが、正直言って音大時代よりよく勉強しました。

村上　「チャイコフスキーの一番有名な曲がなんで紹介リストに入ってないのよ？」って、本番で問い詰めたこともあったね(笑)。

藤澤　本番のダメ出しほどあせるものはないです（笑）。
村上　そういう突っ込みどころがあると、リスナーも一緒に参加している気分になれるんじゃないかな。ノリマサくんが淡谷のり子さんのものまねをして「この作曲家はねー」なんて説明するのも大ウケだったよ。
藤澤　大学の講義じゃないので、おもしろさを入れたいと思ったんです。「今日は、電車の車掌さんにカルメンについてお聞きします」と、車掌さんの口調を真似てしゃべったこともありましたね（笑）。
村上　「ポップオペラの貴公子」と言われているけど、毎回毎回決まり文句のようにポップオペラの説明をするから、「もう聞き飽きた」って突っ込みも入れたっけ（笑）。
藤澤　じゃあ、久々にまたここでやりましょうかね。
村上　短くね（笑）。
藤澤　えー、ポップオペラは、一曲の中に有名なクラシックのメロディーにオリジナルのメロディーを融合して、発声方法もオペラの発声法とポップスの発声法で歌っています。なのでポップス好きな方にもクラシック好きな方にも楽しんでもらえると思います。
村上　平原綾香さんの「Jupiter」はクラシックのメロディーに歌詞をつけてポップスにし

たけど、ポップオペラはクラシックの曲に自分の曲も足しているんだよね。

藤澤　僕と大作曲家との共作でして、テレビで歌うときは「作詞・藤澤ノリマサ。作曲・ベートーヴェン、藤澤ノリマサ」というテロップが出るんですよ。「どんだけ友だちなんだよっ」と突っ込まれそうですが(笑)。

村上　ところで、少し前に耳の調子が悪いと聞いて心配していたんだけど。

藤澤　昨年の秋(平成二十四年)、これから二〇本のコンサートツアーが始まるというときに突発性難聴になってしまったんです。僕は絶対音感があるので鍵盤の音がなくても音程が取れるんですが、そのときは実際の音より低く感じたので違和感を覚えました。でも客観的に聴くといつも通りに歌っているんですよ。

村上　へえ、自分だけがおかしく聞こえるんだ。

藤澤　そうなんです。その頃忙しかったので、疲れがたまっていたのかもしれません。薬を飲み始めたらよくなってきましたが、最悪の場合は全部キャンセルかなとも考えました。

村上　けっこう精神的に落ち込んだんじゃないの?

藤澤　一時期は本当につらかったですね。曲作りにも意欲がわかないし、自分はどこに向かって走っているのかわからなくなってしまって。

村上　耳のことを聞いて、あなたが初日のコンサートを迎えるまでは、気がかりで気がかりで……。あの日は客席でドキドキしながら見てたんだよ。あれはまさしく父親の心境そのものだね。だから第一声を聴いたときは「ああ大丈夫だ」と胸をなでおろしたもんです。

藤澤　僕も楽屋で村上さんの顔を見たときは胸がつまってしまって……。ただ、あの苦しみを乗り越えたことで何か大きなものをつかんだような気がします。

村上　つらい思いはしたけど、結果的によかった部分もあったんだね。

藤澤　自分にとってはこれが精いっぱいだと開き直って臨んだ結果、かえっていい出来になったような気がします。お客さんを楽しませることが自分の務めだと思って、パフォーマンスを成長させるきっかけにもなりました。村上さんは「嬉しいことばの種まき」をしていますが、僕は「音楽の種まき」をして、少しずつ収穫していくつもりでいます。

村上　いやあ、ノリマサも成長したなあ（笑）。ノリマサが病気と闘っている姿やがんばっているところを見て励まされた人もいたはずだよ。

藤澤　実はコンサートの前に、ブログで耳のことを打ち明けていたんです。お客さんには不安を抱かせるかもしれないけれど、いいところだけを見せるんじゃなくてすべてをひっくるめて、ファンと一緒にコンサートを創り上げたいと思ったので。

「僕は『音楽の種まき』をしていきたい」――藤澤

村上 あの日の会場には祈るような思いで聴いていたファンも多かったんだね。

藤澤 ブログのコメントに、うれしい言葉があふれていて、心が開かれる思いでした。

すべての答えは客席にある

村上 ノリマサくんのファンは、三〇代から上は限りなく（笑）ほとんどが女性だよね。僕の知り合いも「ノリくんの歌を聴いていると幸せな気持ちになれる」と言ってたけど、あなたの歌を聴くことを生きがいにしているファンは多いと思うよ。

藤澤 ファンの方はデビュー当時と少し変わって、芸術性を認めてくれるファンが多くなりました。デビューした頃は僕もテレビにたくさん出て知名度を上げたいと思っていましたが、徐々に本物の作品や音を届けたいと思うようになりました。自分の求めるものが変わった頃から「音」を聴きに来てくれる人が増えたんです。

村上　二〇年後、三〇年後のノリマサを楽しみにしているファンが増えたということだね。
藤澤　僕は今三〇歳ですが、年を重ねてその時々の楽曲を制作して、年代ごとの魅力を出していきたいです。
村上　三〇代の藤澤ノリマサの新しい魅力を見せてもらえそうだね。
藤澤　そのためにも、もっと刺激を受けたいと思っているんですが、実は僕、ミュージシャンの友だちがいないんです。村上さんのように、たくさんの方と親しくお付き合いするにはどうしたらいいでしょうか。
村上　同業者の友だちが欲しいの？　僕は同業者の友だちが欲しいとは思わないけどなあ。それより、異業種の人たちと交流するほうが断然楽しいよ。
藤澤　音楽について語り合いながら、いろいろなことを吸収できる仲間がいればいいなと思ったんですが……。
村上　刺激が欲しいなら、ほかの人のコンサートをいっぱい聴きに行ったらいいよ。耳は

「歌もトークも、答えはすべて客席にある」――村上

肥やさないと！　だから耳の病気をしている暇はないんだって(笑)。ノリマサにはもち前の人懐っこさがあるんだし、自然にいけばいいと思うよ。

藤澤　村上さんはさすが、話をうまくまとめてくださる。「ラジオビタミン」でも、上手に僕の話を引き出してまとめてくれましたよね。

村上　それが僕の仕事だもの。

藤澤　僕はライブでのトークが苦手で、以前はカンペを見ながら話していたんです。

村上　歌もトークも、すべての答えはどこにあると思う？

藤澤　オーディエンスですか？

村上　そう。その通り！　客席にあるんだよ。お客さんがその空気を作ってくれているんだから、観客の空気にピタっと合わせられたらバッチリなの。

藤澤　わかります。コンサート会場で、最前列にずっと難しい顔をしているお客さんがいたんです。ジョークを言っても笑わないし、みんながスタンディングオベーションをしても立たないし、もうどうしようかとメチャクチャ緊張しました。でも、アンコールでその人が真っ先に立ってくれたんですよ。本当にうれしかった。客席の反応は大事ですね。

村上　ただ単に反応のよさを見るだけじゃなくて、一見ノリの悪そうな観客でも実は深いところで感じてくれている人もいるんだから、そこを感じ取ることも必要だよね。

藤澤　なるほど！　また村上さんと酒を酌み交わしながら、お話をしたくなりました。

村上　ノリマサくんと酒を飲めば、人に言えないオフレコ話になるけどね(笑)。今日はノリマサくんの成長を目の当たりにできてうれしかったなぁ。これからも期待してるよ！

信夫のときめきポイント

実は、彼が突発性難聴を発症したとわかったのは、平成二十四年秋の「ときめきトーク」の対談予定日。当日の朝、彼からキャンセルの申し入れがあり対談は延期。心配して駆けつけたコンサートの楽屋で、彼はケロッとしていて、いささか拍子抜けした。だが今回後日談を聞いて、顔で笑ってなんとやら……。彼の成長の糧になった事態であったことはもとより、深刻ぶらないノリマサくんに、感心もしたのだった。

（平成二十五年五月号掲載）

人を喜ばせる幸せなサプライズ

小山薫堂

（放送作家）

こやま・くんどう●昭和39年、熊本県生まれ。放送作家。脚本家。「カノッサの屈辱」「料理の鉄人」など人気番組を数多く手がけ、初脚本の映画「おくりびと」ではアカデミー賞外国語映画賞を受賞。熊本県の地域振興キャンペーンのアドバイザーとして「くまもとサプライズ」を企画し、くまモンの生みの親でもある。熊本県地域プロジェクトアドバイザー他、執筆、作詞、企業の顧問など幅広く活躍中。

サプライズ大成功！

村上　僕は小山さんのご著書『幸せの仕事術』（ＮＨＫ出版）を読んで、ぜひともお会いしたいと思っていました。

小山　ありがとうございます。

村上　「誰かを喜ばせたい」という気持ちがあると書かれていましたが、僕も同じなんです。

――（そこへ小山さんの秘書が「村上さんから荷物が届きました」と小包を持ってきた）

村上　あ、やったあ！（大笑）。対談が始まる今このときに届くなんて、ナイスタイミングだなあ。これ、僕から小山さんへのサプライズプレゼントです！

小山　え、これって「維新の蔵」のケーキじゃないですか！（笑）。僕の地元の熊本・天草のケーキ屋さんで、お気に入りの店ですが、よく見つけましたね。

村上　先日、天草に行ったとき、偶然見つけたんです。一軒家のようなケーキ屋さんでした。小山さんの色紙があって、ご著書『ふくあじ』（エフジー武蔵）でも紹介されていると知りました。

小山　その本に出ているお店の方たちは、また会いに行きたくなるような方ばかりです。

対談冒頭に、小山さんへくまモンケーキのサプライズ！

「人生には限りがある。だから、何かをしようとする」――小山

村上　小山さんは人を喜ばせるサプライズをいつも考えていると聞いて、僕もと思いたったんです。ご主人にお願いして、小山さんが全国的にヒットさせた「くまモン」のプレートもつけてもらいました。

小山　サプライズ大成功ですよ！　ありがとうございます！

村上　くまモンは小山さんの分身みたいな感じがします。サービス精神旺盛で、人を幸せな気持ちにしてくれて、今や日本中で愛されるキャラクターになってますね。

小山　「くまモン」はアドバイザーをしている地域振興キャンペーン「くまもとサプライズ」のキャラクターとして生まれたんですが、くまモンを動かす熊本県庁のチームが、僕の『もったいない主義』（幻冬舎新書）という本を読んで共感してくれて、「部署の垣根を越えて『くまモン』を盛り上げていこう」と動いてくれて、口コミで人気が広がっていきました。

村上　小山さんが熊本県地域振興キャンペーンのアドバイザーになってから、小山ブランドがどんどん注入されていったんですね。

小山　僕が何かを作ったと言うよりも、まず県庁の職員の意識を変えたと言ったほうがいいかもしれません。「くまもとサプライズ」というキャンペーンを企画したのも、県民の意識改革を促したいと思ったからです。観光キャンペーンというと「うちはいいところだから来て」と外の人に呼び掛けることばかりに目を向けてしまいがちですが、まず自分たちが気づいていない地元のよさを発見し、発信していこうと提案しました。

村上　県外の人が驚くような熊本のよさを見つけると、自分たちも幸せな気分になれますよね。

小山　自慢できるものを見つける過程で、これはみんなが驚くだろうなとか、喜ぶだろうなとか、人がどう感じるかを慮《おもんぱか》るようになります。県民みんながそういう意識になったら、日本一のおもてなし県になれると思いました。そこで県庁の職員には、人を喜ばせる楽しさを知ってもらうために、うちの会社でやっている誕生日サプライズの話をしたんです。

村上　誕生日を迎えた社員に喜んでもらうサプライズを、社員全員で仕掛けるという話で

「誰かを喜ばせたいという気持ちに共感します」――村上

すね。

小山　そうしたら二回目の会議のときに、職員が僕にサプライズを用意していてびっくり。実は以前、熊本でタクシーに乗ったとき、おばちゃんの運転手さんがなかなかメーターを動かさないんです。それを指摘したら「いえ、わかっていますよ。この信号でいつも引っかかるから、信号を過ぎたらメーターを入れます。そうしないとお客さんが信号にイライラするでしょう」って言うんです。それに感激したので、「こういう人がいることこそが熊本の価値なんですよ」と一回目の会議で話したら、僕を驚かせようとその運転手さんを探して会議に呼んでいたんです。彼女から「小山薫堂のおくりびと」と書いた名刺を渡されました（笑）。

村上　アハハハ。まさに「おくりびと」！

小山　そこには新聞記者も呼んでいて「くまもとサプライズの提唱者がサプライズされた！」という記事になりました。

村上　県民にも、サプライズの楽しさが伝わりましたね。

小山　本当は、その運転手さんは僕を乗せた運転手さんじゃなかったんですけどね（笑）。

村上　え、そうなんですか！

小山　その運転手さんも「あれ、この人とは違う」と思ったようですが、記者の人が写真を撮っているし、みんなも盛り上がっているから、お互いにその場で話のつじつまを合わせて……(笑)。でも、みんなで僕を喜ばせようと努力してくれた好意がうれしかったです。

村上　いい話ですねえ。

人の立場を思いやる

小山　行政に携わる人というのはいろいろなハードルがあって、自分から動くことは少ないものですが、そうやって県庁の職員も徐々に変わっていきました。

村上　僕は今、父のふるさとである兵庫県・丹波市で文化アドバイザーを務めています。でも行政と付き合うことの難しさも感じます。一人ひとりの職員はみんないい人たちなんですが、行政の厚い壁を感じることもあるんです。風穴を開けるいい方法ありませんか？

小山　それぞれの事情もありますからね。誰でも「行政が悪い、国が悪い」と思ってしまいますが、行政をあてにしないくらいの感覚でいたほうがいいのかもしれません。行政に限らず、人は期待するから落胆するんであって、期待していなければちょっとやってくれるだけでうれしいものです。こちらが頼りすぎないということが大前提かなと思います。

村上　なるほどねえ。ここまで熊本県のことに心を砕くのは、郷土愛からなんですか。

小山　僕はまったく郷土愛が強くないんですよ。ほかの県も好きだし、ほかを排除して自分たちだけでまとまるのが好きじゃないんです。熊本県で成功事例を作って、ほかの県のヒントになればいいなという思いでやっています。

村上　小山さんの話を聞きながら僕も考えちゃいました。丹波は親父のふるさとだからと思い入れが強くある分、ちょっと気負いがあったかもしれません。

小山　僕はいろいろな方向からいろいろな目で見るようにしています。組織にもいろいろな人がいるので、一くくりにして見ないようにしています。

村上　そういう複眼思考はどうしてできるようになったんですか。

小山　うーん。どうしてでしょうね。あ、でも僕は幼い頃、すごく残酷な遊びをしていたんです。蟻を殺したり、かえるを壁にぶつけたり……。そんな僕が、なぜか小学校高学年になった頃から犬の気持ちになって考えるようになったんですよね。

村上　単眼思考だった時期もあったということですか。

小山　はい。命の大切さをわかっていなかったんでしょうね。死というものを考え始めてから命の尊さもわかってきたのかな。

村上　昔は死ぬことが怖かったそうですね。

小山　はい。子どもの頃半ズボンをはいているときに、長ズボンをはくことなく、おしゃれすることなく死んでいくのかなと思ったり（笑）。少し先のことを悲観的に見ていました。

村上　僕もノストラダムスの大予言を信じていて、四七歳で死ぬと思っていた（笑）。

小山　ノストラダムスの大予言は影響が大きかったです。もしやという思いで動いた人も多かったはず。そういう意味では、今必要なのはノストラダムスの大予言のようなものかもしれません。人生には限りがあると知ったら、一生懸命何かをしようとするでしょう。

人生の枝分かれの瞬間

村上　明日があると思わずに生きていくと、人生も変わっていくでしょうね。小山さんの生き方は、超ポジティブだというお父さんの影響もあるのかな。僕はお父さんの言われた「今起きている最悪の出来事は、最良の出来事にたどりつくまでの道」という言葉に感心してしまいました。まるで宗教家のようですね（笑）。

「五〇代は、六〇代以降の準備期間と考えています」――小山

小山　言っていることは宗教家っぽいんですが、でも普段はびっくりするくらいふざけていますよ。例えば、神社の鳥居に立ちションしたとしても「神様はたまにはこのくらい水分を与えたほうが喜ぶんだ」なんて言いそうなタイプの父なんです(笑)。

村上　それはおかしい(笑)！　おじいちゃんも？

小山　祖父はまじめで厳格な人でした。ただ、父の弟が父をパワーアップさせたような人で変わっているんです。僕は父から人生哲学を、叔父からはセンスをもらった気がします。

村上　長崎のグラバー邸を作ったご先祖というのは？

小山　それは祖父の祖父です。

村上　固い職業なのに、お父さんの代から変わったのかな。

小山　父は戦争が始まって大陸に疎開し、終戦で引き揚げてきました。当時、父は八歳で、二歳の叔父をおぶっているのが重くて置いていきたいと思ったそうです。それでも抱きかかえて船に乗ったので「あのとき弟を置いてきたら彼の人生も変わっていたかもしれない」

と話していました。人生って、ちょっとしたことで枝分かれしてしまうんだと思ったそうです。

村上 そんなことがあったんだ。それはけっこう深い話だなあ。

小山 僕も先日、人の人生の枝分かれにかかわる天使のような仕事をしてきました。

村上 それは番組の企画？

小山 ええ。「ＲＥＤ Ｕ-35」という若手料理人のコンテストで、審査員である各料理界で活躍する料理人たちにこう話しました。「今日はみなさん、自分が天使だと思って審査してください。ここで選ばれるか選ばれないかで、彼らの人生が大きく変わります。その料理人の人生をここで決めるくらいの気持ちで選んでください」と。スポーツ選手は成績、作家は文学賞などで評価されますが、料理人はメディアに取り上げられたことでスターになります。だからこの選考結果が彼らの人生の分岐点になるかもしれないんです。

村上 そこで小山さんも人の人生を左右する天使になったと。

「五〇代から、人生がおもしろくなりました」――村上

小山　僕は最終選考に残った六人に、アポなしで通知に行ったんですが、そのうちの一人はご両親や奥さん、子どもたちが感激して泣いて、お仏壇に報告しに行きました。その様子を見たら胸が詰まってきて、人生の分岐点にかかわれるのは幸せな仕事だと思いました。

村上　僕も先日、奄美空港で僕を待ち受けていたいわゆる「出待ち」の女性がいたんです。ジャニーズが来たのかと思わず後ろを振り向きました（笑）。彼女は入院していたときに病院のベッドで僕のラジオを聴いて励まされたそうで、僕が奄美に来ると知って出迎えにきてくれたそうです。見えない電波を通して、僕は少しでもリスナーの方を喜ばせることができていたんだとうれしく思いました。

小山　大勢の人を動かさなくても、たった一人の役に立てたら十分です。実は東日本大震災後に被災地を訪れたとき、こんなことがありました。ある写真家が被災者のおばあちゃんにカメラを向けて「わあ、いい写真が撮れた！　うれしいな。ありがとう」と喜んだら、それまで悲しみに沈んでいたおばあちゃんが笑顔になったんです。あなたのおかげで元気になれたって。

村上　人を喜ばせていると思ったらうれしくなったんでしょうね。

小山　そのとき僕は、本当の支援ってこれじゃないかと思いました。何かをするだけではなく、その人の中にあるものを引き出す支援が必要なんじゃないかと思ったんです。

五〇代は次の人生の準備期間

村上　小山さんはＦＭヨコハマで生放送のラジオ番組を一五年ほど続けていますが、「ラジオは人を油断させるメディアだ」と言ってますよね。

小山　ラジオは少ないスタッフと小さな空間でやっているせいか、自分の発言が電波に乗って流れていることをつい忘れちゃって本音が出たり素が出たりする(笑)。だからラジオは油断させるメディアだと思います。

村上　僕も油断していろんなことを言ってしまうので、リスナーも身近に感じてくれるようです。

小山　ラジオはいろいろな方からお便りをもらえるのがうれしい。そういうのがまったくない録音だけの番組だったら、僕もとっくにやめていたと思います。

村上　リスナーとのやりとりで気づきも生まれますよね。

小山　教えられることは多いですよ。例えば、八〇〇円の安くておいしい定食の話をしたら、「あなたにとっての八〇〇円は安いかもしれないけれど、私にとっては高いです」とお便りをいただき、そうだったと反省しました。

村上　いろんな立場の人がいるということも教えられますね。小山さんは、今年（平成二十六年）五〇歳の節目を迎えますが、何か考えていることはありますか。

小山　五〇歳になったら一か月間、休暇を取ろうと考えているんです。周りにそう宣言したら、映画会社の人が「じゃあ、ドキュメント映画を一本撮れますね」って。いや、それは違うだろうと（笑）。いったん自分をリセットしようと考えています。携帯を持たずに旅に出るとか、車で寝泊まりしながら日本中の銭湯を回るとか、いろいろプランを考えているところです。

村上　へえー。僕は去年（平成二十五年）六〇歳になりましたが、五〇代から肩の力が抜けて、人生がおもしろく感じられるようになりましたよ。

小山　僕は五〇代を、六〇代七〇代になった自分がより心豊かに過ごせるような準備期間と考えています。

村上　じゃあ、死ぬことは怖くなくなったんですね。

小山　どんな金持ちもどんな美女も絶対に死ぬわけで、死こそみんなに平等に与えられるものですから、歳と共に受け入れられるようになりました。

村上　今日一日が楽しければ明日につながりますもんね！（笑）。

信夫のときめきポイント

小山さんに喜んでもらいたいとムラカミは、サプライズを周到に用意した。対談当日の午前中指定配達で、特注のくまモンケーキが届くはずだった。だが、何かの手違いで届いていない……。ムラカミは焦った。だが、サプライズの神様は見捨てていなかった。名刺交換したばかりの、これ以上望んでもない絶好のタイミングで届いたのだ。このサプライズに小山さん以上に喜んだのは、ムラカミだった。演出しようとしても偶然はやってこない。このサプライズもひょっとしたら小山さんの神通力だったかも。

（平成二十六年一月号掲載）

「陽転思考」で元気スイッチON！

和田裕美（営業コンサルタント・作家）

わだ・ひろみ●京都府生まれ。営業コンサルタント・作家。外資系教育会社勤務時代、日本でトップ、世界142か国中2位の成績を収め、女性では最年少の代理店支社長となる。その後独立、執筆活動のほか、講演、セミナーを展開。『神社が教えてくれた人生の一番大切なこと』（マガジンハウス）、『成約率98%の秘訣』（かんき出版）ほか、著書多数。

撮影協力＝神田明神

神社が教えてくれたこと

村上　ここ神田明神は江戸っ子の氏神さまですが、神社大好きの和田さんにとってホームグラウンドのような神社なんですって？

和田　神田明神はすごい神社なんですよ。東京大空襲のときも、周辺はすべて壊滅状態だったのにここだけ無事でした。すごい力で守られているんでしょうね。

村上　和田さんがこれほど神社を好きになったのは、おじいさんの影響だとか……。

和田　小さい頃、祖父と毎日、散歩しながら京都の吉田神社にお参りしていました。祖父は神社に行くと「願い事をするんじゃなくてありがとうとお礼を言いなさい」と言うんです。命があること、食べられることなど、神様からたくさんいただいているものに感謝しなさいと。子どもは理屈がわからないから神様がそこにいると素直に信じていました。

村上　小さいうちに教えておくことって大事なんですね。

和田　でも本当にその意味を理解したのは、母が亡くなってからです。母は私が二八歳のとき、東京にいた私を訪ねてきて私の部屋で倒れて、そのまま救急車で搬送された病院で、医療ミスが原因で亡くなりました。その三か月後には祖父も亡くなり、どん底の気分の中で神様との向き合い方が変わってきました。

村上　神様なんていないとは思わなかったんですか。

和田　むしろ神様から大事なことを教えられた気がして、それから神社に通うようになりました。神様というのは困ったときにすがる存在じゃなくて、日々の感謝の気持ちをもって一緒に共存するものなんだとわかったんです。

村上　悲しい出来事をきっかけに気づきが生まれたんですね。

和田　あの頃は営業で成功していて、自分ががんばれば結果がついてくるという驕った部分がありました。でも人の死は、自分がいくらがんばってもどうにもなりません。人の手には負えないことの大きさに気づかされた感じです。

村上　じゃあ和田さんは神社では願い事をせず、感謝だけするの？

和田　神社でご祈祷をしてもらうとき、例えば商売繁盛とか家内安全とか、いろいろ提示される中に、神様からいただいた幸せに感謝するという、一つだけ願い事ではない「神恩感謝」という種類のものがあります。初めはわざわざお金を払ってまでして何の見返りも求めない神恩感謝を選ぶのは、何か偽善者っぽいなと感じていたんです。でも最近は「こうなればいい」と思っていることが叶うと信じて、先に感謝しちゃおうと思うようになりました。

村上　なるほどねえ。僕が作詞した『嬉しいことばの歌』の中に、「おかげさまと言えば心がおじぎする」という詞が入っています。人は自分一人の力で生きているわけではないから、「おかげさまで」という気持ちが大切ですね。

和田　よく「言霊《ことだま》」と言いますが、いい言葉を使うといいことが起こるパワーが必ず生まれます。神社でも「忌み言葉」といって、悪い言葉は使わないようにと言われています。

神様は明るい人が好き

村上　「陽転思考」をすすめている和田さんは悪い言葉なんか使わないでしょうね。

和田　そんなことないですよ~。普通の人間なのでたまに変な言葉も使います(笑)。

村上　「陽転思考」は、言わば「よかった探し」をするんですよね。

和田　そうなんですが、それよりも手っ取り早く心が明るくなる方法があったんです。暗い気持ちのままでも、とりあえず明るい声で「おはよう！」と言えば、人って早く元気になれるみたい。明るい声や明るい態度を起こすことで、心もついていくと思い至りました。

村上　それはよくわかります。僕は今までファストフード店のマニュアル的なあいさつに違和感があったんですが、明るい声で一日に何度も「ありがとうございます！」と口に出していると、そのうち本当に自分のものになるんじゃないかと思うようになりました。

和田　体に染み込んできますからね。神様も暗いのが嫌いで、明るいことが好きなんですよ。

村上　天照大神も楽しそうな外の様子が気になって、天の岩戸からのぞいたくらいだし。

和田　神様と人間の判断基準が違うようです。人は「いいことをする＝善」「悪いことをする＝悪」と判断しますが、神様は、いいこと悪いことに関係なく、その人の心が明るいか暗いかで判断します。心がやさしい人でも、毎日泣いている人はお嫌いなんですね。だから神道では、身近な人が亡くなったら五〇日間は神社に来てはいけないことになっています。

村上　確かに身内が亡くなって五〇日くらいまでは泣いて暮らす人が多いですからね。

和田　けがれるからと言われています。「けがれ」は「気が枯れる」を意味し、要は心がへこんでいる状態を神様が嫌がるということです。「陽転思考」も、もともと人見知りだった私が陽転したいから始めたことですが、暗い自分でいるとすべてが暗転してしまうので、

「いい言葉を使うといいパワーが生まれます」——和田

あえて自分に元気スイッチを入れようと駆り立てています。

村上　僕は今までずっと、番組の最後に「今日もいいことがたくさんありますように」という言葉で締めくくっています。リスナーからは「あの言葉を聞くと元気になれます」と言われますが、でもあの言葉はまさに自分自身を駆り立てているようなものなんです。

和田　その言葉を聞くと今日もいいことがあるかなって「よかった探し」ができそう！

村上　お母さんは自由奔放で、家にもあまりいなくて、付き合いも派手で、お母さんの「よかった探し」は難しかったのでは……。

和田　確かに、母親としては困ることもたくさんありましたけどね。母親らしいことは何もしてくれないんですが、それを凌駕するくらい明るくて、人間的に魅力的で素敵な母でした。いつでも私を照らしてくれるお日さまみたいな人でした。

見えない力を信じる心

村上　お父さんはどんな方？

和田　私は母親っ子だったので、父とはあまりうまくいっていませんでした。父だって子どもが自分と距離を置いていると、かわいく思えないでしょう。この間、父に言われたんです。「お前、覚えてるか？　ママが死んだとき『俺が先に死んだほうがよかったのにな』と言ったら、お前は『そやな』って言うたんやで」とこぼしていましたが(笑)。

村上　二〇年近くも覚えているほどショックだったんだよ。今の親子関係はどうなの？

和田　母が亡くなって数年後に、関係性が変わる出来事がありました。たまたま父に会ったときに、何となく寂しそうに見えたので「ずっと嫌っているような態度をとってごめんね。今までありがとう」と言ったら、父が泣き出して「それ以上言うな」って。父とは今まできちんと向き合ってこなかったなと気づいて、それからは改善できました。

「言葉で自分自身を駆り立てています」——村上

村上　たとえ親子でも、感謝の気持ちを言葉にして言うことは大切だよね。僕はときどき朗読会で和田さんの書いた童話『ぼくは小さくて白い』（朝日新聞出版）を読ませてもらっていますが、あれはお母さんとの思い出が題材になっているんでしょう。アカンタレな裕美さんに「大丈夫だよ、大丈夫だよ」とほめて育ててくれたとか。

和田　優秀な姉と比べず、「あなたはあなたでいいんだ」とあっけらかんとしてました。

村上　知り合いの教育評論家が「叱られたり否定されたりするとそれが澱のようにたまってくるので、とにかくほめよう」と言ってました。叱りたくなったら犬語で「わんわんわんっ！きゃんきゃんきゃん！」と叱りましょうと（笑）。何で叱っていたか忘れますよね。

和田　それ、いいですね～！　最近は何でもはっきりさせたがる傾向がありますが、意味がよくわからない曖昧さも大切ですよね。神社では「言挙《ことあ》げせじ」といって、あえてはっきりと言葉にしないほうが美しいと言われています。

村上　そういう意味では神様もはっきりとは見えない存在で、その見えざる力を信じるかどうかなんでしょうね。楽天の田中将大投手や嶋基宏選手は野球の神様がいると信じてグラウンドのごみを拾ったり、見えない存在を意識した行動をとっているそうです。

和田　お天道様が見ているという感覚が日本人にはありますから。よく「ゾーンに入った」

と言いますが、目に見えない神様とつながったと感じる瞬間があるんじゃないかな。

村上　実は僕もＮＨＫを辞める少し前、突如、脳裏に「嬉しいことばの種まき」という言葉がクッキリ見えたんです。あれは神様から下りた言葉としか思えません。今まで培ってきたことを、社会に役立つことに使いなさいと言われた気がしました。神様が僕の背中を押してくれたんです！　だから、今使命感にかられて、全国を回っています。

信夫のときめきポイント

京都生まれで、幼い頃、人見知りのアカンタレ。今は、「陽転思考」を普及中。何かとボクと共通項が多い。『ぼくは小さくて白い』の締めくくりにお日さまが現れるが、彼女こそお日さまのような人だ。それもギラギラする夏の太陽ではなく、柔らかい冬の木漏れ日のような感じだ。

（平成二十六年二月号掲載）

ものづくりの心で未来をつくる

諏訪貴子

(ダイヤ精機社長)

すわ・たかこ●昭和 46 年、東京都生まれ。ダイヤ精機株式会社代表取締役社長。成蹊大学工学部卒業後、大手自動車部品メーカーに入社し結婚。退社後、父に請われダイヤ精機に 2 度入社するがリストラに。平成 16 年、父亡き後ダイヤ精機社長に就任。経営手腕が評価され、東京商工会議所「勇気ある経営大賞」優秀賞、「東京都中小企業ものづくり人材育成知事賞」奨励賞、「ウーマン・オブ・ザ・イヤー2013」大賞などを受賞。

兄の生まれ変わりと言われて

村上　新聞で諏訪さんの記事を拝見してから、ぜひ一度お会いしたいと考えていました。雑誌『日経WOMAN』の「ウーマン・オブ・ザ・イヤー2013　大賞」など、いろいろな賞を受賞されたそうで、各誌のインタビュー記事も読ませていただきましたよ。

諏訪　ありがとうございます。反響の大きさに驚きました。

村上　実はうちの親父も中小企業の一員だったので、悲哀も含め、理解できる部分があるんです。諏訪さんは小さい頃からお父さんの会社の跡取りとして育てられたそうですね。

諏訪「ダイヤ精機」という会社は、自動車の製造ラインの金属部分の精密加工を行っています。跡取りとなるはずだった兄が白血病を患って六歳でこの世を去り、その二年後に生まれた私はずっと「兄の生まれ変わり」と言われ続けてきました。一〇歳年上の姉はいましたが、私と兄の顔が似ていて、誕生日が一週間違いだったせいもあると思います。中学生の頃、兄の分骨していた骨を納骨しに行ったとき、父が骨壺にすがって号泣したんです。父の涙を見たのは最初で最後でしたが、それを見たときから私は兄の代わりとして生きていかなくてはならないと思うようになりました。

村上 お父さんの敷いたレールの上で育ってきたと……。

諏訪 幼い頃から取引先に連れて行かれたり、大学も「工学部へ行きなさい」という父の言葉に従いました。それが今はとても役立っていますが。

村上 駐車場が遊び場だったんですってね。お父さんの用事がすむまで、取引先の駐車場で遊んで待っていたとか。今はそこに社長として訪問しているんですね。

諏訪 はい。自分が社長になって初めて取引先のあいさつに回ったとき、どこも見覚えのあるところばかりで、不安な気持ちを和らげてくれました。だから私も息子が小学生の頃は同じように取引先に連れて行ったんです。そんな体験がいつかは役に立つかなと思って。

村上 諏訪さんの息子さんは跡を継いでくれそうですか。

諏訪 まだ高校一年ですし、わからないですね。父も私に会社を継いでくれとは一言も言ったことはないんですよ。期待はしていたでしょうけど。

村上 え、そうなの？ でも大手企業のエンジニアを経て、退職後は二度もこの会社に入っているでしょう。

諏訪 会社がよくなる方法を見つけてくれと父に言われたので、リストラ案を出したら二度とも私がクビになりました（笑）。父には社員に対する情があって、リストラするなら身内からと思ったんでしょうね。リストラの必要性はわかっていたはずですが、ほかの方法を私に探してほしかったのかもしれません。

目と目で語った最期の会話

村上　二度もクビになって、もうやらないとは思わなかった？

諏訪　実は父が亡くなる二か月前に、また手伝ってくれと言われたときは断ったんです。そのときは夫のアメリカ転勤も決まっていたので、帰国してから考えるつもりでした。まさか急に容体が悪化するとは思わず……。

村上　最期の会話でも跡を継いでくれとは言われなかったの？

諏訪　リンパが腫れて声が出なくなっていたので、話せなかったんです。普通は感傷的な場面となるはずなのに、私が父にかけた言葉は必要に迫られて「実印はどこにあるの？」「隠し財産はないの？」です(笑)。本当に申し訳なかったんですが、私と父の最期の会話が金庫の暗証番号でした。でも父が紙に書いたその暗証番号を見たとき、思わず泣いてしまいました。万一のときに私でも思いつくような、家族に関係のある番号だったんです。

村上　その数字からお父さんの思いが伝わってきたんですね。

諏訪　父は強いまなざしでじっと私を見つめながら息を引き取ったんですが、その目に圧倒されて思わず「会社は大丈夫だから」と言っていました。言葉はなくても、そのとき「頼むぞ」と言われた気がして。

村上　言葉にならない目と目の会話を最期にしたんですね。

諏訪　亡くなった父の顔が笑顔だったので、悔いのない人生だったと思いました。私も人生を閉じるときは「おもしろかった」と言える生き方をしようと思うようになりました。

村上　なかなか笑って死ねるものじゃないけど、人は死ぬときにその人生が出るそうです。生きたように死んでいくといいますからね。お父さんが亡くなったあとも、会社を継ぐと決めるまでは相当悩んだそうですが。

諏訪　会社の状況が厳しいとわかってからは、社員やその家族とか、すべてを背負う勇気がなく葛藤しました。でも会社を閉めるにしても続けるにしても、どこかに着地させるのが私の使命だと思ったんです。父に頼まれてではなく自分が決断して社長になったので逆によかったです。

村上　デスクの傍らには、お父さんの写真が置かれていますが、ことあるごとに語りかけ

「終わりのないものづくりにこそ、おもしろさがある」――諏訪

ているんですか？

諏訪　こんなこと言っても信じてもらえないかもしれませんが、私がすごく悩んだときに父が夢枕に立って「ものづくりに終わりはないんだよ」と言ったんです。それがものづくりの基本でもあるんですね。うちの社員もすごいものを作っているのに「まだまだです」と言う。終わりがないものづくりだからこそ、おもしろさがあると思いました。

村上　若手社員の人材育成にも力を入れているそうですね。

諏訪　入社して一か月間は私との交換日記を課して、彼らの性格をつかんでいきます。彼らもあとで振り返ると日々の積み重ねによる成長を感じ、初めはこういうことがわからなかったんだと気づくことで、後輩の指導にも役立つはずです。

村上　職人の世界は、徒弟社会といいますが、若い人の意見がなかなか受け入れられないことはないんですか？

諏訪　結果を数字で残すようにして成果発表会をやっているので、「お前、やるなあ。じ

ゃあ、それでやってみようか」となります。それが自信にもなる。私はコミュニケーションが大事だととらえていて、そこから新しい知恵やチャレンジが生まれてくると考えています。私自身も、自分より年上のベテランには娘のように、若手には、母のような気持ちで接しています。それに、もともと世話好きです。社員旅行やカラオケ大会で、コミュニケーションを密に取っていると物事がスムーズに運ぶことって多いんですよ。

村上　僕も最近は「おせっかい」なんです。仕事柄か、ここだけの打ち明け話を聞かされることがあるんですが、そうすると放っておけない。結局、人が喜ぶ顔を見たさですけどね。

諏訪　私も現場の声を聞いて応えると、喜んでもらえるのがうれしい。みんなに、あなたの代わりはいない、オンリーワンだと言っています。

村上　社長にそう言われたら、がんばろうと思いますよね。ただ、社長の貴子さんを叱ってくれる人がいなくなったんじゃない？

諏訪　趣味のバレエのほうでバンバン叱られています(笑)。社長をしていると「できない。

「最近、おせっかいなんです。人の喜ぶ顔が見たくて」——村上

わからない」とは言えないんですが、バレエでは指導してくれる人がいるのが新鮮です。叱られていると、私を伸ばすためなんだという思いが伝わってきます。

村上 人を叱ることにも、いいことがあるみたいですよ。叱った人は叱りっぱなしじゃなくて、そのあとどうケアしようかと考えるでしょう。そういう慮りができるという意味でも、叱ることは大事なんだと思います。

諏訪 バレエは社長に就任してから半年後くらいに始めたんですが、これも父が引き合わせてくれたような気がします。父とよく行った喫茶店に出かけてみたら、そこがバレエ教室になっていて、直感で、私もやってみようと思ったんです。社長という肩書き抜きの世界を見つけ、作業着姿とトウシューズ姿の切り替えも楽しくとてもいい感じなんです。

村上 来年(平成二十六年)は会社創業五〇周年ですが、新しいこととか考えていますか?

諏訪 毎年そうですが、今年より来年はもっと楽しくしたいと思っています。常に、今よりもっと楽しくしたいと考えているので、今年も来年も同じ。私は仕事を決めるときも、楽しめるかどうかで判断しているんです。楽しめないと思ったら引き受けませんし(笑)。

村上 僕も今はＮＨＫ時代と違って毎日いろんなところへ出かけているから、みんなからは仕事が忙しくて大変そうねと言われますが、楽しいから満足しているんです。どんなに忙しくても、楽しいと苦になりませんよね。

諏訪　私は「楽しい」イコール「自分の成長」ととらえているんです。

村上　それは一挙両得だ。会社も諏訪さん自身もますます磨きがかかりそうですね。

信夫のときめきポイント

写真のインパクトは大きい。諏訪さんの新聞記事を見たとき、この人に会いたいと直感で思った。写真の諏訪さんは、心底楽しそうな笑顔だったからだ。彼女の振りまく笑顔に誘われて、工場には笑いが絶えない。諏訪さんは、どんなことも楽しいことに変えてしまえる魔法を持っている。当然ながら、対談も楽しいことこの上なかった。

（平成二十五年六月号掲載）

渋沢精神を受け継ぎ、すべてに感謝

鮫島純子

（エッセイスト）

さめじま・すみこ●大正 11 年、東京都生まれ。祖父は日本の資本主義の礎を築いた渋沢栄一、父は栄一の四男で実業家の渋沢正雄。女子学習院を卒業後 20 歳で結婚。水墨画を習い、78 歳にしてエッセイストデビュー。愛らしいイラストを添えた著書が評判を呼ぶ。著書に『あのころ、今、これから…』『毎日が、いきいき、すこやか』（以上、小学館）、『祖父・渋沢栄一に学んだこと』（文藝春秋）などがある。

人の喜ぶ顔に元気をもらう

村上　純子さんは九二歳の今も車の運転もなさっているし、八〇代を迎える少し前に社交ダンスを始めたと聞きました。八〇の手習いなんてなかなかありませんよ。

鮫島　主人が亡くなり、体を動かさなければと思って始めました。同好会ですから一時半から五時まで楽しませていただいて一回一〇〇〇円とお安いので(笑)。

村上　渋沢栄一のお孫さんゆえの節約精神!?

鮫島　父が第一次世界大戦後の大恐慌で事業に失敗したので、兄に「うちは貧乏なんだよ」と言われて育ったせいもありますね。渋沢家の暮らしは本当に質素でした。大きな家には住んでいましたが、それはみなさまをおもてなしするためと聞いております。

村上　渋沢栄一さんは素性のわからない人も平気で家に入れて、亡くなる直前まで身の上相談に応じていたそうですね。

鮫島　私もこの目で見ております。赤ちゃんをおんぶした貧しいお母さんが訪ねてきたときも、親身に相談に乗っていたようです。

村上　渋沢さんの「慈善を慈善として行なうのは真の慈善にあらず。余はこれを楽しみとする」という言葉にわが意を得たりと思いました。ボランティアは人のためにいいことをしていると思っている人も多いんですが、人の喜びが、自分の喜びにつながるんですよね。

鮫島 村上さんはみなさまを喜ばせるような活動をされていて、すばらしいと思いました。

村上 僕もおじいさまと同じで、人の喜ぶ顔を見ていると幸せな気分になります。みんなと気と気のチャージをし合って、自分が元気になれるんです。

鮫島 私もそうです。ついこの間も、私の講演を聞いて感激したと訪ねてくださった名古屋のご夫婦を、私が毎日散歩している明治神宮にお連れしたりして、丸一日お付き合いしたのですが、それを喜んでくださると自分の疲れも吹き飛びました。

村上 明治神宮といえば、純子さんのお散歩コースとか。

鮫島 三〇年前から毎朝、お祈りをして、「宇宙体操」をして、一時間ほど歩きます。

村上 「宇宙体操」って、どうやるんですか(笑)。

鮫島 タオルを握った両腕をバンザイさせた状態で空を見上げ、背伸びしながら三〇歩くらい歩きます。そのとき、全身を緊張させて歩くのがポイントです。

村上 それがなぜ「宇宙体操」と?

鮫島 「宇宙の気をもらう」という意味があると聞きました。

村上　純子さんはいつまでも若く元気でいられるコツを聞かれることが多いのでは？

鮫島　私は「すべてに感謝して生きる心が大事」とお話しさせていただきます。

村上　感謝を忘れないために家中に「ありがとう」という紙を貼っているんだそうですね。トイレにも、「ありがとう」が貼ってあるとか(笑)。

鮫島　つつがなく排泄できることに、感謝です。私はこの体は神様からお借りしているものと心しています。いつもありがとうと感謝の気持ちをもっています。

村上　足を骨折したときも、思わずありがとうと言ったそうですね。

鮫島　「頭を打たずにすんで、ありがとう」と(笑)。私は凡人なので、すべてに感謝できるようになったのはごく最近なんです。子育てに悩んでいた頃に「過去生」という言葉に出合い、今の人生は前世とつながっていて、周囲で起こることは、今世で自分をより磨くための応用問題ということに気づき、すべてに感謝の気持ちをもつトレーニングをしました。貼り紙を見ながら「ありがとう」と何度も口に出していたら、感謝する気持ちがあとから自然に心に落とし込まれるのを経験して初めて気づきました。

村上　習慣的にありがとうと言っていると、脳のほうが「そうだ。感謝しなくては」と思うようになるらしいですね。でも最近はありがとうと言わない人たちが増えています。

鮫島　言葉は口に出すことが大切です。私は一人暮らしなので食事の前に「いただきます」と声に出して言ったことがなかったんです。でも最近それを言い始めてからは「この食べ物は動植物の命をいただきありがとうございます」という気持ちが強くなりました。

村上　長野県の諏訪地方では、「ごちそうさまでした」ではなく「いただきました」と言うそうです。自分たちの命はほかの命によって支えられていると意識させられますよね。

鮫島　聖書の創世記に「初めにことばありき」とありますが、いい言葉は高い周波数をもっているので神様に通じる同じ周波となって天のパワーもいただけるような気がします。

村上　ご著書に「憎い相手や意地悪な相手こそ、自分をレベルアップさせるために悪役を演じてくれる大事な存在として、感謝している」と書いてありました。

鮫島　そういったことも魂の向上のために神様が下さった応用問題だと思うようになりました。でもそんな矢先、振り込め詐欺にあってしまって(笑)。

村上　えーっ、それは応用問題というより人を信用しすぎですよ。

鮫島　私もすごく疑わしいと思いながらいつも通り相手を尊重して話していました。手口が本当にこみ入っていて巧妙なの。でも不思議とまったく落ち込みませんでした。「縁のないことは自分の周りに起きない」という宇宙のルールがありますから、これで私自身の

「いつも、感謝の気持ちをもっています」——鮫島

過去のマイナスエネルギーが出て行ったと思ったんです。

村上 なんという人でしょう！　マイナスのことにも意味があると考えたんですね。

みんなの幸せが自分の幸せ

村上 矜持をもって生きた渋沢栄一精神のどんな点を受け継いでいると思われますか。

鮫島 祖父と同じように、世界が平和でなければみんなの幸せはなく、みんなが幸せにならなければ自分も幸せにはなれないと考えてきたところはあります。父が祖父の教えを純粋に守っていた人でしたから、私も影響を受けたのだと思います。

村上 おじいさまが亡くなったとき、伯母さまが「これで戦争をやめさせる人がまた一人いなくなった」と言ったそうですが、徹底した平和主義者だったんですよね。今の世に、渋沢さんのような方がいればと思います。

鮫島　祖父は五〇〇以上の事業を手がけましたが、すべてすんなりといったわけではないようです。一橋大学の創設や第一銀行の運営も困難続きでしたが、どうしたらうまくいくかと常に前向きでした。祖父が晩年までかかわった養育院の問題点も、改善していくことが自分の喜びだったようです。

村上　渋沢栄一の孫として、おじいさまを誇りに思うでしょう。

鮫島　孫というだけで、いまだに七光りをいただいていて本当に感謝しています。母からは「おじいさまのお名を汚すようなことはしないでね」とよく言われていました。

村上　おじいさまが亡くなったときに純子さんは九歳でしたが、いろいろなことを覚えていらっしゃるようですね。

鮫島　じつは私、祖父は普通の人だと思っていました(笑)。すごい人なんだと知ったのは、病気中の日々の新聞報道や葬式を見てからです。天皇陛下から感謝の意を伝える御沙汰書が勅使によって読み上げられ、車なんてそんなになかった時代、葬列に何十台もの車が続

「怒って過ごすのも一生、笑って過ごすのも一生」――村上

いたことも驚きでした。祖父は学校の援助もしていたので、沿道に各学校の生徒さんたちもお見送りに並び、これほど多くの方々に慕われる人だったのかと初めてわかったんです。

村上 それまではどこにでもいる祖父と孫の関係だったんですね。

鮫島 土曜日は孫が集まり、おじいさまに「ごきげんよう」とあいさつに行きました。祖父は「よう来られたな」と頭をなでながら、一人ずつ梅干し飴を口に入れてくれました。

村上 「来られた」と、孫にも丁寧な言葉を使うんですね。

鮫島 どんなときも、どんな方にも丁寧な言葉を使っていたようです。

村上 言葉も、言い方次第で受け取り方が違ってきます。よく街で毒づいているお年寄りも見かけますが、怒って過ごすより、笑って過ごしたほうがいいに決まってますよね。

鮫島 私たち孫がお転婆なことをするとおばあさまたちは「おじいさまがご心配なさるからおやめなさい」とたしなめるんですが、祖父が孫を叱るということはありませんでした。「よく飛べた。でも気をつけなさいね」と、体験することを「よし」とする人でした。

村上 ほめてから注意を促すんですね。「やめろ」と言われたら反発するかもしれません。

鮫島 私たちは祖父を尊敬しておりました。祖父が亡くなる前、肺炎で寝込んでいるところに、貧困にあえいでいる二〇万の人々に国からお金が出ないと聞かされ、政府に陳情に出向いたことがあります。医師が止めても「私がこの年まで生かされたのは、こういうときにお役に立つため。それで死ぬなら本望です」と言ったそうです。私も今、同じ心境で、みなさまのお役に立てるならいつでもこの命をお使いくださいという気持ちでおります。

村上　日本には渋沢栄一さんのように矜持をもって生きた方たちがたくさんいたということを、僕たちがもっと伝えていかなければとあらためて思いました。

信夫のときめきポイント

純子（すみこ）という名は、祖父がつけてくれた。「純なるかな　純なるかな」と命名書にある。財産も名誉もあの世にもっていけない。もっていけるのは、この世で身につけた「想いの習慣」だけ。純粋な心のもちようは、アンチエイジングの極めつけなのだと、鮫島さんと話していて確信した。

（平成二十六年十月号掲載）

「おかげさま」の気持ちを大切に

矢作直樹（医師）

やはぎ・なおき●昭和 31 年、横浜市生まれ。東京大学大学院医学系研究科・救急医学分野教授。東京大学医学部附属病院救急部・集中治療部部長。金沢大学医学部卒業後、麻酔科、救急・集中治療、内科の臨床医として勤務しながら医療機器の開発にも携わり、東京大学工学部精密機械工学科教授などを経て現職。著書は『人は死なない』（バジリコ）、『天皇』（扶桑社）、『世界一美しい日本のことば』（イースト・プレス）ほか多数。

人生に「偶然」はない

村上　やっとお会いできました！　矢作さんにはどうしてもお目にかかりたくて、何度も断られましたが諦めずにお願いして、ようやく対面がかないました。

矢作　それは失礼いたしました。メディアで取り上げられても意図することが正確に伝えられないことがあるので、取材はあまりお受けしていないんですよ。

村上　じゃあ、手紙を書いてお願いした甲斐があったということですね。ご著書もいっぱい読ませていただきました。

矢作　ありがとうございます。

村上　しかも昨日は、馴染みの本屋さんの書棚でたまたま新刊『世界一美しい日本のことば』（イースト・プレス）を見つけたんですよ。「人生で起こることに偶然はない」と矢作さんがいうように、この本との出合いも偶然とは思えませんでした。ここに書かれている「いい言葉にはプラスのエネルギーが宿っている」というお話は、僕が主宰する「ことば磨き塾」でいつも言っていることと相通じるものを感じうれしくなりました。

矢作　言葉は「音」であると同時に「意識」なんです。つまり、言葉はエネルギーをもっています。これがいわゆる「言霊」。言葉には、正のエネルギーをもつ言葉と、負のエネルギーをもつ言葉があります。正のエネルギーをもつ言葉を使うと、ポジティブなエネルギーが周りに伝わります。意識がよい方向に変化しますね。

村上　先日、ある大学の学生たちに「おかげさま」という言葉を知っているかと聞いたら、二〇人中一人も知らなくて驚いてしまいました。

矢作　私たちが当たり前のように使ってきた言葉ですが、若い人の中には知らない人も増えているんでしょうね。

村上　僕たちは親世代が「おかげさま」や「おたがいさま」という言葉を普通に使っていたので、自然と身につきましたが。

矢作　「おかげさま」には「お天道さま」を含め、周りを取り巻くすべてのものへの感謝の気持ちが込められています。私も親から「お天道さまが見ている」とか、「罰当たりなことをするな」とか、よく言われたものです。「そのうちわかる」とも、よく言われました。「無理にわかろうとしなくても、わかるときがくればわかる」と、言っていました。人も、必要がなければ出会わないし、出会うべきときにちゃんと出会うようになっていると思いますね。

村上　なるほど。じゃあ今日こうして矢作さんにお会いできたのも、必要な出会いだったんだ（笑）。

矢作　そうですね（笑）。

村上　どういう子どもだったんですか。

矢作　いろいろなことに興味をもっていましたが、いたずら小僧だったので、学校の先生を困らせていたみたいです（笑）。とにかく言うことを聞かないので、通信簿には「この子は批判的である」と書かれていました。批判的ってどういうことかと母親に聞いたら、素直じゃないってことだと言われて（笑）。

村上　人と同じことが嫌いで、右と言われたら右を向く子じゃなかったのですね（笑）。

矢作　あえて反対を唱えるんじゃなくて、自分の感性のままに動いていたんだと思いますね。どの人もみんな違うものをもっていると思いますが、そこで我を通すかどうかの違いなんでしょうね。

村上　僕はＮＨＫ時代、ＮＨＫの人らしくないと言われたのが一番のほめ言葉だと思っていましたが、それでも大きな組織の中にいると一歩踏み出そうとしてもなかなかできませんでした。矢作さんも、東大の医学部教授という肩書きとどう折り合いをつけているんですか。

矢作　大学に迷惑をかけないようにという気持ちはありますが、古きよき日本人のもっていたものを思い出してほしいという気持ちが強いです。日本人がどんどん壊れていくのを見るに見かねていて、なんとかしたいと思っています。

村上　日本人はもともともっているＤＮＡや精神文化があるはずなのに、今は忘れているんじゃないかと。それを思い起こしてほしいという気持ちなんですね。

矢作　何かのときに無意識に出てくると思うんです。言葉がなくても感覚的にわかると思います。心で思っていることは顔にも出るし、行動にも出てきますから。

村上　お辞儀一つとってもそうですが、形から入って心に至る、ということもありますからね。

矢作　形ってすごく大事で、形から始まってだんだん据わりがよくなって魂が入ってくるものではないでしょうか。

村上　ありがとう、ありがとうと何度も言っているうちに、感謝している自分に気づくものです。言葉は習慣化して使うことで、身について行くものだと思います。

「日本人として、何らかの役割があると思います」——矢作

人の魂は生き続ける

村上　僕は小さい頃「なんで自分はここにいるんだろう」と考え始めたら切りがなくなり、途中で怖くなって考えるのをやめたんですが、矢作さんも小さい頃から見えないものの存在を感じていたんですか。

矢作　自分の場合は頭を使って考えるというよりは、感じるというか、直感的でしたね。「なんで自分を産んだんだ」と親に言う人もいますが、この親の元に生まれてきたのは自分の意思だと思っていました。宇宙から見れば人も地球も「one of them」で、個にこだわる必要はないのではと。本では論理的な書き方をしていますが、理屈で説明できないこともあります。

村上　自分の心の感覚を翻訳する感じで書かれたんですね。

命拾いが教えてくれたこと

村上　矢作さんは、幼い頃交通事故で、大学生のとき登山中の二回の滑落事故で、あわせて三回命拾いをしています。そういう経験を通して「死は単なる肉体死。魂は永遠に生き続ける」と言い切るから、説得力があったんでしょうね。

矢作　私に限らず、科学では説明のできない経験をしている人も多いはずです。それを自分が素直に認められるかどうかの差があるだけで。

村上　矢作さんは人の命を救命しようと救急医療の現場に来たけれど、多くの人が命の瀬戸際になって生に執着する様子を見て、「魂は死なない」という内容の話を広く伝えたいと思ったそうですね。

矢作　死を迎えることについて、昔の人は人智を超えて「しかたがないこともある」と、どこかでわかっていたと思います。医療もある意味ではサービスなので、医療の満足度は

「幼い頃、なぜここに存在するかよく考えました」――村上

受け手側の思いに左右されます。例えば、コップに水が半分もあるか、半分しかないかと思うだけで違ってきますからね。それぞれが「おかげさま」と思う気持ちをもつことが大切ではないでしょうか。

日本人の調和の精神を世界に

村上　江戸時代の人々は、士農工商という厳しい身分制度がある中でも、みんなが分をわきまえて、おおらかに暮らしていたと思います。だからこそ、二六〇年余も平和な時代が続いていたのでしょうね。

矢作　本当にそうですよね。あの時代は貧しいながらも、人々は秩序をもって暮らしていました。しかし明治以降、とくに第二次世界大戦後は西洋からもたらされたものによって、日本ならではの精神文化も後退してしまった。このままじゃいけないと思うんですよ。

村上　そこで眠っている獅子を起こしたいと…(笑)。

矢作　そのほうが幸せですしね。島国日本には、いろいろな民族が入ってきて、多民族が集まって協力し仲良く暮らしていく中で発展してきました。大陸では、争いながらサバイバルをしてきたわけですが、たぶんこれからは日本的な調和の方向にいくのではないかと思います。そうならないと、本当の世界平和はこないと思います。

村上 だから、これだけ世界中で争い事が絶えず、混とんとしている世の中で、いまこそ日本人の出番だとお考えになっているんですね。

矢作 そうです。でなければ、地球さんに失礼ですよ。

村上 いいですねえ、「地球さん」。本当ですよねえ。人間は霊長類のトップにいると錯覚していますよね。

矢作 宇宙から人類を見れば、地球だけでなくすべてに節度というか、いたわりをもってほしいと思います。

村上 いまは人間が人間本来の役割や大切なことを忘れてしまっているのかもしれませんね。

矢作 でも私はあまり悲観していなくて、あとは人の心に灯がともるかどうかだけの話だと思うんです。神道的に言えば私たちは「分霊《わけみたま》」をいただいており、キリスト教的な言葉で言えば「あなたも神であり、私も神である」と。それを実感として感じるようになれたら、変われるという気はしています。

村上　ご著書に、「他者を気遣い、神様に感謝しながら、毎日を楽しく生きること」が大事と書いてありましたね。

矢作　やはり、自利利他ですね。自利も大事。神様が自分を作ってくれたんだとしたら、大事にしないわけにはいかない。

村上　自分の利益になることを考えてもいいけど、それだけだったら利己主義になってしまう。利他も考えなくては。

矢作　だからこの世界はすべてバランスが大切ですね。お金もよい形で使えばいいんです。お金を不浄にするのは使う人の心ですからね。

村上　ご自分は自分の中で自利と利他のバランスがとれていると思われますか。

矢作　あまり意識したことはないのですが、日々健やかに暮らし、仕事をさせてもらい、お天道様に感謝しながら生きています。

村上　心穏やかに過ごしていると。いいお顔をされていますもんね。

矢作　そうですか。あまり鏡は見ませんが、自分自身としては満ち足りています（笑）。

村上　矢作さんご自身は今後、どのような活動をされていく予定なんですか。

矢作　来年の春に定年退官したら、ゆくゆくは「日本人塾」のようなものをやりたいと考えています。

村上　いいですねえ。矢作さんにはそういう塾をやってほしいと思っていました。応援します！

信夫のときめきポイント

一言でいうと、ふんわりやんわりした人だった。終始、柔和な表情。ユーモアもあるし、我を出しすぎない。話は噛み合い続け、嬉しいことばのキャッチボールができた。魂が喜ぶ対談となった。矢作さんがよくいう「中今（なかいま）」。過去に執着せず、未来を憂えず、今を楽しめたら、人生は変わるはず。だから矢作さんは、ふんわりやんわりしているんだ。

（平成二十七年九月号掲載）

人の心をグッとつかむ会話の極意

齋藤 孝
（教育学者）

さいとう・たかし●昭和 35 年、静岡県生まれ。東京大学法学部卒業。同大学大学院教育学研究科博士課程を経て、明治大学文学部教授。専門は教育学、身体論、コミュニケーション論。『声に出して読みたい日本語』（草思社）が 260 万部のベストセラーに。講演、執筆、メディア出演など幅広く活躍中。著書に『人生は機転力で変えられる！』（青春出版社）など多数。

撮影協力＝神田伯剌西爾

場を明るくする訓練を

村上 最近、僕が知り合いになった女の子が齋藤さんの教え子だとわかったんです。齋藤さんの教育を受けたせいか、職場でいつも明るくいいお嬢さんだなと感心しています。

齋藤 うちの卒業生は職場を明るくすると評判がいいんですよ。在学中に場を明るくするような訓練をいろいろしていますからね。

村上 齋藤さんがよくおっしゃっている「ミッション！ パッション！ ハイテンションー！」とやっているんですか(笑)。

齋藤 それもやっていますが、最近はストップウォッチで時間を計って、手短に一つの話をするという練習もしています。最初にハイタッチしてから三〇秒で話をして、それが終わったらみんなで拍手をするんです。そうするとみんながどんどん明るくなっていきます。

村上 あまり明るくない子でも練習すれば明るくなれるんですか。

齋藤 わりとすぐ変わります。今の学生は暗くはないけど大人しい子が多いんです。だから自分のエネルギーをもっと外に出していくような練習をさせています。

村上 先生の著書にも書いてありましたが、体の内側にしまい込んでいる「気の力」を外に出していくわけですね。

齋藤　村上さんは声に張りがあります。声は気の流れに直接作用します。入学したての学生は声に張りのない子が多いのですが、声を出す練習をすると変わっていきますよ。

村上　僕はよくみんなに、「伝える」ことは誰にでもできるけど、「伝わる」話し方は意識しないとできないと言っています。何とかしてわかってほしいという思いがあれば、流暢な話し方じゃなくても相手に届くと思うんです。

齋藤　僕も、例えば三人の人に話すなら三人の目をきちんと見て話すようにと言っています。それから「人の話を聞く」という技を身につけるため、人の話を聞くときは話している人のほうに体を向けましょうとも言います。

村上　けっこう人見知りの子も多いんじゃないですか。

齋藤　今の子は対人関係に疲れてしまうようです。だったら逆にたくさんの人間と出会うようにすれば、そのストレスを減らせるんじゃないかと思って、いつも同じグループにならないよう席を移動させるんです。次第に慣れてきて対人関係が楽になったと言われます。

村上　すぐ慣れちゃうんですね。

齋藤　勘のいい子が多いんです。更に、話す時間を一〇秒と短くしたら話のキレ味がよくなりました。

村上　一〇秒しかないと思うか、一〇秒もあると思うか、時間感覚の問題ですね。

齋藤　慣れると、一〇秒で大事なメッセージくらいは話せるようになります。

村上　齋藤さんご自身もテレビのコメンテーターとして、短い時間でコメントを求められることが多いんじゃないですか。

齋藤　残り時間がないというときに、僕のところに回ってくることが多いです（笑）。生放送の癖がついて収録番組でも短くまとめるせいか、ほとんどカットされません（笑）。

村上　あとで肝心なことを言おうと思っていたら時間切れになることもあるので、言いたいことは先に言ったほうがいいですもんね。

齋藤　次にこれを言おうと思っても順番が回ってこないことがありますからね。

村上　齋藤さんは昔から話を短くまとめるほうだったんですか。

齋藤　いいえ、長く話すほうでした。受験勉強で要約力が鍛えられたのかもしれません。入試の答案は短時間で字数に合わせて書かなければいけないので、いい訓練になりました。

村上　齋藤さんは、語彙力、読解力、要約力が大切だと、説かれていますよね。

齋藤　学生時代は、きょう対談場所に選んだこの喫茶店でコーヒーを飲みながら本を読んで、よく友だちと要約ディスカッションをやっていたものです。

村上　この喫茶店は齋藤さんの要約力を培った場所でもあるんだ！　でも要約力がない人って多いですよね。最後まで言いたいことがよくわからず、理解するまでに時間がかかることがありますよね。

齋藤　そういう方には、村上さんが「こういうことですよね」と要約するのですか。

村上　そうですね。僕はインタビューのときに、一番聞きたいことや一番聞かれたら困るようなことをあえて最初に聞くようにしています。本音を聞くために、あえて逆説的なことを言うこともあります。それで相手が動揺したりすると、思わず本音が出るんです。

齋藤　なるほどねえ。僕はうちの男子学生に、「女の子と付き合うときはその気があるかどうか最初にはっきり聞いたほうがいい」と言っているんです。なんとなく仲よくなって最後に「付き合えません」と断られるより、時間を無駄に使わなくてすみますから。それと同じで、村上さんもいきなり大事なことを聞くんですね。

村上　遠回しな言い方で始めると、それがずっと続いてしまって、なかなか直球が投げられなくなるんですよ。そうするとありきたりの答えしか返ってこなくなるので。

齋藤　わかります。型通りのインタビューだと、型通りの答えしか返ってきませんよね。

「質問を工夫すると、会話がスムーズに流れます」——齋藤

そういう意味では質問力も大切で、質問を工夫すると会話がスムーズに流れていくものです。学生には、話の流れの中で質問を用意しながら聞くという練習もさせています。

人をほめるポイントをつかむ

村上 齋藤さんも昔は今と違って、批判人間だったそうですね。

齋藤 もともとは明るい性格なんですが、学生時代から三〇代後半まではうっ屈していましたね。論文ばかり書いていると、どうしても内向きになってしまって。目上の人まで批判しちゃって、人生を棒に振った時期もありましたよ(笑)。今思うと、自分の力の出し場所がなくて、不満がたまっていたんだと思います。

村上 「気の力」が出せなかった時代もあったということですか。

齋藤 そうですね。エネルギーはため込むばかりでなく、適度に出していかないと新しい

エネルギーが生まれてきません。僕も本を出版したり、いろいろな人や社会とかかわることで精神の健康が回復していきました。だから人と向き合うことが大切なんですよ。社会の流れの中に身を置くと、血液が循環するようにいい気が流れてくると思います。

村上　そうして今は、人をほめてほめてほめまくる人間になったと(笑)。もしかして、批判人間を封印するために、ほめまくっているんじゃ……？

齋藤　アハハハ。人には自分がエネルギーをかけたところをほめてほしい、認めてほしいという思いがあります。僕も昔、何年もかけて論文を書いたとき、本当にエネルギーをかけたところに誰も何も言ってこないことへの不満を感じていました。だから人がどこにエネルギーをかけたかを見てほめるといいようです。女性がおしゃれをしてきたら、気合いを入れたと思われるポイントをほめるとか(笑)。

村上　齋藤さんは誰に対しても上機嫌で接することができるんですか。

齋藤　僕はわりと安定していますね。初めて会う人で、もしかしたら苦手なタイプかもと

「本音を聞き出すために、困る質問をすることも」――村上

思っていても、話してみたらいい人だったということが多いんですよ。

村上　それは僕が思うに、齋藤さんと話すことでその人の「いい人オーラ」が引き出されたためだと思います。自分が「おはよう」と言えば相手も「おはよう」と答えるけれど、こちらが「おはようございます」と言ったら相手も「おはようございます」という言い方になるのと同様に、自分の接し方次第で相手の反応も変わってくるんじゃないでしょうか。

齋藤　年を取ってくると、〝威張った感〟が出てくるので、言葉づかいも大切ですね。

村上　齋藤さんはご家族の前でもいつも機嫌がいいんですか。

齋藤　あまり変わらないですね。でも家では緊張感がないので少し緩んでいますが（笑）。

村上　外では気が張っているのですか？

齋藤　僕は人が多いところだとテンションが上がってしまうんですよ。でも交感神経が高まったままだと危ないので、本を読んだり、家にいるときは気を緩めたりして切り替えるようにしています。

村上　たった今気づいたんですが、齋藤さんは「ハイテンション！」と言っているわりに、話し方のテンションがずっと安定していますよね。急にテンションが上がったり下がったりしないので、落ち着いて話せるなと思いました。

齋藤　へえー、そうですか。初めて言われたなぁ……。

村上　ほめているんですよ（笑）。オーバーリアクションもなく、どんな話でも一様に興味を示してくれるので、気持ちよく言葉のキャッチボールができます。急にヘンなボールが飛んでくることもないから、心にさざ波が立たず安心できるんです。今日は齋藤さんの新しい魅力が発見できたような気がします。

信夫のときめきポイント

久しぶりにお会いしたが、構えたところが皆無。大仰なところが皆無。「いやぁ、どうも、どうも」と言いながら、「無沙汰」のタイムラグなど毛ほども感じさせずに現われた。本文中にあった新発見を、齋藤さん流に「雰囲気醸し力」と名づけてみた。気を配っていることすら感じさせずに、いい気を配ってくれている。だから、気を遣わずに話せるのだろう。

（平成二十六年四月号掲載）

撮りたいのは戦禍に生きる子どもの姿

渡部陽一

（戦場カメラマン）

わたなべ・よういち●昭和 47 年、静岡県生まれ。戦場カメラマン。世界中のさまざまな紛争地域を取材し、訪れた国と地域は 130 以上に。著書に『ぼくは戦場カメラマン』（角川書店）など。NHK・Eテレ「テレビでアラビア語」（毎週水曜日 1：00 ～ 1：25）や、ニッポン放送「明日へ喝！」（毎週日曜日 18：00 ～ 18：30）など、各メディアで活躍している。

撮影協力＝同發別館

人生の出会いは大学時代に

村上　渡部さん、実は僕もあなたと同じ明治学院大学の卒業生なんです。

渡部　先輩に…お声をかけていただき…光栄…です。戦場…カメラマンの…渡部…陽一…です（すべての話に…のような間合いがあるが、以下…は省略）。

村上　僕は学生時代、大学のある東京・白金に近い目黒や五反田界隈で遊んでいましたが、渡部さんは？

渡部　二年生までは横浜の戸塚校舎だったので、白金校舎に通うようになっても、ベースは横浜でした。大学時代から結婚する平成二十一年まで、同じ横浜のアパートに住んでいて、よくご飯を食べに来ていたのが、ここ、中華街です。

村上　明治学院大学に入っていなければ戦場カメラマンになっていなかったそうですね。

渡部　はい。大学一年生のとき、生物学の授業で、アフリカに、昔ながらの狩猟生活を送っているピグミー族という人たちがいると教えられ、自分の目で確かめ、彼らと話してみたいと思いました。バックパッカーの旅行者として、軽い気持ちでアフリカのザイール（現・コンゴ民主共和国）に入ったら、少年ゲリラ兵に襲われて、九死に一生を得ました。

村上　紛争地域だということを知らずに行ったんですか。

渡部　深く知らないがゆえに、飛び込んで行ってしまいました。ゲリラ兵に村を襲撃され、「助けて」と泣き叫ぶ子どもがいても、どうすることもできなかった。そんなアフリカの状況を伝えたいと思いましたが、言葉ではなかなか伝わらない。以前から興味のあった写真で伝えることができないかと思ったことが、戦場カメラマンになったきっかけでした。

村上　僕も明治学院大学に入っていなかったら、アナウンサーにはなっていないんですよ。もともとは口下手で、あがり症で、人前で話す仕事なんて考えられなかった(笑)。ところが大学三年の冬に、大学の大先輩で中西龍《なかにしりよう》さんというＮＨＫのアナウンサーに会ったんです。彼は僕に「アナウンサーの仕事の魅力は人の喜びを倍にして、悲しみを半分に減らすお手伝いができること」と言いました。それでアナウンサーの試験を受けてみようと思ったんです。出会いが道を開いてくれるものなんですねぇ。

戦場にこだわる理由

村上　渡部さんは、学生時代から日記を書いていたそうですね。

渡部　当時は大学手帳に、毎日、その日の出来事や印象に残ったことを書きとめていました。今では、表紙がメキシコの赤石でできている巨大な日記帳を、戦場にも持参しています。現地の写真などもスクラップしていて、これは日記でもあり、取材記録の作品でもあるんです。

村上　パソコンなどに記録するのではなく、手書きなんですね。

渡部　現地の閉ざされた環境で、ろうそくのあかりを頼りに文字を記していくと、ノミで文字を刻みこんでいくように、記憶に刻みこまれて忘れないものなんです。

村上　それはわかるなあ。そのページを見ただけで情景が甦ってくるでしょう。

渡部　カメラマンとして、何かの壁にぶつかったときや、戦場で気持ちがグラついているときなど、過去に自分が書き記した言葉を読んで、初心に戻ったり、ハッとさせられることがたびたびあります。

村上　ところで、渡部さんが戦場にこだわる理由とは何なのですか。

渡部　僕は世界中の紛争地を回りながら、驚いたことがあります。それは、戦場という極限状況の中でも、家族が普通に生活していて、しかも、笑顔を浮かべる瞬間があることでした。僕の取材スタンスは、一つ屋根の下で何か月も生活を共にする、いわゆる密着型取材ですが、戦場でも、私たち日本の家族と変わらない、日常の生活風景があります。もちろん、戦場の激しい光景も撮りますが、戦禍に生きる子どもたちや家族の肖像を、多くの人に伝えるための、戦場カメラマンでありたいと、思っています。

村上　一番撮りたいのは、戦禍の中にある日常の暮らしぶりなんですね。子どもたちはどんなときに笑顔を浮かべるんですか。

渡部　一つは、食料を手にしたとき。戦場の学校にも、みんなの笑い声や歓声があふれていました。それから、日本のアニメを観ているときです。中東の最前線では、電気のない暗闇の中、自家発電のＤＶＤデッキで日本のアニメを観ながら、笑っている子どもたちがいました。

村上　最近、父親になり、ファインダー越しに見る子どもたちを見る目も変わりましたか。

渡部　子どもたちの横にいる同世代の親たちに、気持ちが入りこんでしまいます。それと、家に早く帰りたいと思うようになり、今までより取材期間を短くするかわり、過去の人脈や情報網を駆使して、深い取材を行なうようになりました。とはいえ、無理な取材は絶対にしませんし、安全第一、を心がけています。

村上　東日本大震災の被災地にも足を運んだそうですね。

「戦禍に生きる子どもや家族の肖像を伝えたい」――渡部

渡部　大震災の一週間後、陸前高田に足を踏み入れたときは、こんな状況で、本当に復興できるのだろうか、と思いました。戦場では、ある一か所が破壊されても、すぐ隣の町は平常な生活が営まれています。ところが、東日本大震災では、何百キロにもわたって帯のように被害が広がっていて、今まで目にしたことがないような光景でした。しかし、足を運ぶたびに、復興に向かって一歩一歩、確実に進み続けている。日本の底力や、日本人の寄り添って何かを成し遂げようとする力の大きさを、見るようでした。

ゆっくりとした口調は昔から

渡部　僕からも村上さんに、うかがいたいことがあるのですが……。

村上　はい、何でしょうか(笑)。

渡部　僕はフリーランスのカメラマンとして動き続けてきましたが、戦場には、ＣＮＮ、ロイター、AP、NHKなどの会社から派遣された方々もたくさんいて、組織のもつネットワークの強さや、情報の速さといった力も感じていました。今は会社という組織から離れてフリーとなった村上さんに、それぞれのよさや大変さなどをお聞きしたいです。

村上 どちらがいいとは言い切れませんが、それぞれによさはあります。組織の強みは、一般的には会えない人に会えたり、普通なら行けないところに行けたり、安定した環境の中で仕事ができることとです。一方、組織にいる以上は組織の指令に従わざるをえません。自分がこうしたいと思っても、組織がダメと言えばそれまでのこと。フリーは、自分の判断で仕事を選ぶことができるというおもしろさはありますが、安定はしていません。自由＝フリーなのではなく、「自分に由《よ》る」と書くように、自己責任という厳しさがあるのもたしかです。その両方のおもしろさを体験してみようと考えています。

渡部 ライフ…イズ…ビューティフル…ですね。

村上 アハハハ。渡部さんはそういう一言一言の間合いがいいですねえ。渡部さんはゆっ

「ラジオは傍らにいて黙ってうなずくような存在です」——村上

くりとした話し方は昔からなんですか。

渡部　小学校時代によく友だちから「渡部君の話し方はヘン」と言われていましたが、昔からこうでした。カメラマンとして、諸外国を回るようになってからは、知っている単語を使って、ゆっくり話すと理解してもらえたので、もともとゆっくりだった話し方に拍車がかかったのかもしれません。

村上　僕もアナウンサーとして、ここは大事という部分を伝えるときは、そこだけゆっくり話すように心がけてきました。渡部さんはラジオ番組のパーソナリティーも務めていますが、ゆっくりとした、噛んで含める口調はラジオに合っていると思いますよ。

渡部　僕は昔からラジオ大好き人間で、戦場にも持っていきます。戦場では誰もが、ラジオで避難情報を聴いているため、ライフラインになるんです。でも、ラジオのパーソナリティーは、難しいです。

村上　その独特の間合いは、リスナーに安心感を与えますよ。ラジオは傍らにいて、黙ってうなずくような存在です。普段着感覚で話せるのがラジオのいいところで、テレビのように目で見えない分、言葉や音から想像力がかき立てられます。それで聴き入ってしまうから、ラジオは案外「ながら」にはならないものなんです。

渡部　確かにそうですね。これからは見えないリスナーを見て、話すように努力します。

村上　がんばってください。ラジオでもご一緒したいですね。ありがとうございました。

信夫のときめきポイント

渡部さんの、ゆっくりトークもさることながら、独特の間合いがたまらない魅力だ。この間に、いろんな想像を巡らせることができる。言葉の余韻をかみしめることができる。何度も「光栄です」という言葉が出た。相手への慮り、礼儀正しさには頭が下がる。それにしても、渡部さんが生まれた年に、私は明治学院大学一年生。二人が並んだ写真を見て、しばし感慨に浸った（笑）。

（平成二十四年八月号掲載）

思いを受け止め、沈黙に寄り添う

安田菜津紀
（フォトジャーナリスト）

やすだ・なつき●昭和 62 年、神奈川県生まれ。上智大学卒業。studio AFTERMODE 所属フォトジャーナリスト。東南アジア、中東、アフリカ、日本国内で貧困や災害の取材を進める。平成 21 年、日本ドキュメンタリー写真ユースコンテスト大賞受賞。同 24 年、第 8 回名取洋之助写真賞受賞。共著に、『アジア×カメラ「正解」のない旅へ』（第三書館）、『ファインダー越しの 3.11』（原書房）。
撮影協力＝上智大学

写真家になった原点

村上　今日は安田さんの母校、上智大学での対談ですが、キャンパスを歩く安田さん、十分学生で通りますよ。「サンデーモーニング」（TBS系）で落ち着いてコメントする姿に感心してます。でもまだ二八歳なんですね。写真家となった原点からうかがってみようかな。

安田　幼い頃、母がいろいろな図書館から絵本を借りてきて、月に三〇〇冊くらい読んでくれたのがビジュアル系の仕事にかかわる原点だったような気がします。

村上　すばらしいお母さんですね。

安田　母はもともと写真が好きで、どこに行くにもカメラを持参していました。私を写すときは腰を屈めたり腹這いになって撮っていたので、私が子どもたちより目線を落としたアングルで撮るのは、母の影響もあると思います。母は芸術的な写真が好きなので、私の写真をほめてくれたことはあまりないんですけど(笑)。

村上　じゃあ、お母さんのＤＮＡが受け継がれているのかもしれないな。

安田　父が亡くなったあとは、母が新聞配達やスーパーで働いて、生活を支えることが優先されました。心に余裕がなければシャッターは切れないと、カメラから遠ざかったようです。

村上　中学二年のときにお父さんが亡くなり、そのすぐあとにお兄さんも亡くなられたそうですね。

安田　両親は、私が小学三年のときに離婚していたので、一緒に住んでいなかったのですが、大好きな父と兄が亡くなったことは、私にとって一つの転機になりました。「家族ってなんだろう」と、モヤモヤした思いが渦巻いていたときに、カンボジアに行く機会が与えられたんです。その経験がなければ写真との出合いもなく、今の私はなかったと思います。

村上　カンボジアに行こうと思ったのは、自分を変えてくれる何かがありそうだという直感が働いたからなんですか。

安田　高校の担任の先生が、アジアの子どもたちを取材するプログラムがあると教えてくれたんです。私は、当時は国際貢献や人助けに関心があったわけではないのですが、興味本位で応募しました。厳しい状況に置かれた子どもたちが、どういう人間観をもっていて、家族のことをどう思っているのか、そういったことが知りたいと思ったんです。

村上　そこで彼らと出会って、人生観が変わったんですね。

安田　はい。私と同じくらいの年齢なのに、人身売買されて、その日の稼ぎが少ないと殴る蹴る、電気ショックを与えられたという話にまず衝撃を受けました。でも一番驚いたのは、そんなつらい思いをしてきた彼らが「自分はこうやって施設に保護されて、食事もできているけど、家族が今どうしているか心配」と、自分のことより家族を案じていたことです。ここで職業訓練を受けて、家族のために役立ちたいと聞き、どうしてこんなに人を思い、やさしくなれるんだろうと思いました。

写真が果たす役目とは

村上　たぶん彼らは、あなたが人の苦しみや悲しみがわかる人だと感じたから、そこまで心を開いて話してくれたんだと思いますよ。

安田　むしろ彼らのほうが、私と何が同じで何が共感し合えるか、共通項を探してくれたんです。「自分にはお父さんがいない」と話してくれた子に、「私もいないの」と言ったら「私たち、同じだね」と言われ、大事なことに気づかされました。それまでの私は、なぜみんなはわかってくれないんだろう、やさしくしてくれないんだろうと、自分から壁を作っていた。どうしたら人とつながり合えるだろうと、そこを本当は考えるべきだったんですよね。

村上 いいタイミングで行けたことに感謝だね。

安田 本当に。彼らと出会って、世界には大変な問題を抱えている人たちがたくさんいるんだということも初めて知りました。

村上 自分の抱える問題はじつに小さなことだとわかったんですね。それで彼らのことを多くの人に伝えたいと思ったときに、写真と出合ったと……？

安田 そのときはまだ写真に興味はなく、偶然目にした一枚の写真が不思議な出合いをもたらしてくれたんです。それはアフリカのアンゴラの難民キャンプで、痩せ細ったお母さんのおっぱいに赤ちゃんが必死に吸いついている写真でした。その姿がカンボジアの子どもたちに重なり、いつまでも強く心に残ることになりました。それから何年かして、大学二年のときにたまたま出会った渋谷敦志さんというフォトジャーナリストのホームページを見たら、その写真が載っていたんですよ。「この人が撮った写真なんだ！」と驚いて、明日会えませんかとすぐメールしちゃいました(笑)。それが写真の道に入ったきっかけです。

村上　何かに導かれたような出会いですねえ。

安田　たった一瞬だけを切り取った一枚の写真が、人の心に何年も残り続けるすごさを感じました。

村上　東日本大震災直後にあなたが陸前高田で撮った〝奇跡の一本松〟が「希望の松」として新聞に掲載されたでしょう。あの写真に励まされた人も多かったはずです。

安田　でも津波の凄まじさを思い出してしまう人もいて、受けとめ方はそれぞれだったと思います。私も最初は写真を撮ることさえ忘れていました。自分にできることとして、潮水に浸かった写真の修復をひたすらやっていたんです。せめて写真の中だけでも家族に会いたいとおっしゃる方が多くて。

村上　一方、あのときの記憶を残しておくために、被災直後の写真も撮っておいてほしかったと言われたそうですね。

「沈黙に寄り添うことも必要です」――安田

安田　そうなんです。震災以来、写真には二度と取り戻せない時間や記憶を呼び戻す役目もあると考えるようになりました。

沈黙に寄り添う心

村上　陸前高田に住んでいたお連れ合いのお母さんもあのときの津波で亡くなられたとか。

安田　はい。震災から四年経ちましたが、残された義父は今も義母のことをずっと思い続けています。私もそんな義父に、寄り添うことしかできませんが……。

村上　大切な人を失うと、あとから哀しみが募ってきますよね。僕もおふくろが亡くなった直後より、今になってジワジワこみあげてくるものがあります。

安田　義父もそうですが「がんばれ」と叫ばれても、がんばれない自分を責めて追い詰め

「言葉にならない言葉にも、力があるんです」――村上

られる人たちもいます。私たちは、いまだに声を上げられない人の沈黙に寄り添うことも必要です。

村上　僕はずっと言葉の力を信じてきましたが、震災のとき、放送でどういう言葉を選べばいいのか悩みました。がんばってくださいとか、大変ですねという言葉は、まったく力をもたないなと。むしろ人の思いを黙って受けとめ、言葉にならない言葉にも力があると思いました。沈黙という共通項が見つかってうれしいなぁ。

安田　私もいきなり人に話しかけて、撮ることはしません。黙っていても一緒にいていいというコミュニケーションが取れるようになって、初めてカメラを向けます。

村上　悲しい状況の中にある人々の、ふと見せる笑顔の写真が多いのはそのせいかな。考えさせる余白を作っているように感じます。

安田　とくに写真展では、写っていない行間を読み取っていただけるような組み合わせ方で展示をしています。解説する文章も、説明っぽくならないようにしていますね。

村上　説明より、このつぶらな瞳と対話してほしいと……？

安田　動画は決まったペースで流れていきますが、写真は自分のペースで見てそこに写っている人と対話もできます。写真は、何かを知りたいと思うときの扉になる役目もあるんです。「これは、なんだろう」と関心につながる一歩になる。そこからもっと知りたいと思ったときに、文字や動画が役立つのではないでしょうか。

いつも心にお陽さまを

村上　あなたと話していると心地いいのは、言葉が矢継早に出てこないし、何よりも、安心する声だからかなぁ。テレビで話すあなたのコメントも、心にストンと入ってくるんです。

安田　テレビに出るようになってから、言葉の使い方を意識するようになりました。同じ主張でも、使う言葉で受ける印象がまったく違ったものになりますから。デリケートな問題ほど、知りたいと思う人たちまで遠ざけてしまわないように、やさしい言葉を選んで話しています。

村上　だからあなたのコメントはいつもニュートラルなんだね。

安田　義母もそうでしたが、主人は何事にも寛容な人で、彼の影響が大きいんです。私が人間関係で怒っていると、「それだけ人間に関心を払えるということだから、菜津紀はす人なんです。

ごいね」と逆に感心してくれる(笑)。彼にそう言われると、自分が何に怒っていたのかも忘れてしまいます。突然ぶつかってきた人にも腹を立てるのではなく「その人にとって、今日一日いいことがありますようにと思えば、自分もいい一日になる」と考えるタイプの人なんです。

村上　あなたの人生って、すばらしい人たちとの出会いがあったからこそ、つらいことがあっても悲観的にならずにすんだのかもしれませんね。ホームページの「いつも心にお陽さまを」というタイトルが、それを象徴しているようです。

安田　私は学生時代、親を亡くした学生に奨学金を援助する「あしなが育英会」のお世話になっていて、そこの職員さんにいただいた言葉なんです。自分の中に太陽のような温かさをもち続け、その温かさを少しでも誰かと共有できたらいいなと思っています。

村上　今日は安田さんに共感することばかりで、話し足りないくらいですよ。またお会いしたいですね！

信夫のときめきポイント

共感共鳴することばかり。年齢差など関係ない。人間としてリスペクトできる相手に巡り合ったという感じだ。多くの屈託を抱えながらも、やさしさと明るさを忘れない。まだまだ話し足りない。互いの引き出しをもっと開けて、話し込みたい。そう思っていたら対談が終わるやいなや「え!?　もう終わり？　まだ一〇時間は話していたい」と安田さん。同じことを考えていてくれていたんだと、うれしかった。

（平成二十七年八月号掲載）

少しずつ、あきらめず進めばいい

鈴木明子

（元フィギュアスケート日本代表）

すずき・あきこ●昭和 60 年、愛知県生まれ。東北福祉大学卒業。6 歳からスケートを始め、15 歳で全日本選手権 4 位に。10 代後半で体調を崩すも、見事に復帰。各大会で優勝および上位入賞を果たす。ソチオリンピック代表選考を兼ねた全日本選手権で優勝し、バンクーバーオリンピックに続き、ソチオリンピック代表の切符をつかむ。オリンピック2大会ともに 8 位入賞。平成26年の世界選手権（6 位）をもって選手生活から引退。

選手生活を振り返って

村上　明子さんは三月（平成二十六年）の世界選手権を最後に引退されましたが、寂しさはありませんか。

鈴木　ないんです。競技としてのスケートはやりきった感じがあるので、今はむしろホッとしています。成績はさておき、バンクーバー、ソチと二度もオリンピックに出場できて、しかも日本で開催された世界選手権という最高の舞台で選手生活を終えられたので、こんなに幸せなスケーターはいないなと満足感でいっぱいです。

村上　ソチオリンピックの代表選考を兼ねた全日本選手権で滑り終えたときも、すべてを出しきった表情でしたよね。出場一三回目にして初優勝という結果も残しました。

鈴木　あれは私へのごほうびかなと思っています。選手生活で一つ悔いがあるとすれば、ソチオリンピックでコンディションが万全ではなかったことです。ただ足が痛かったからこそ、自分が一番やりたかったスケートをやろうと思わせてもらった気がします。私がずっとこだわってきたのは、心を込めて表現する演技です。たとえジャンプに失敗しても、これが鈴木明子のスケートだと言える表現だけは貫こうと思いました。

村上 ソチで燃焼して、足の調子も悪かったから世界選手権出場は迷ったと聞きました。

鈴木 足が痛くても、日本で行なわれる大会だからいいスケートをしなくてはというプレッシャーがあったんです。でも高橋大輔くんが「日本のみんなが待っているよ」と、私の背中を押してくれました。演技が終わって、会場のみなさんから大きな声援と拍手に包まれた瞬間、ああ、こんなにも私のスケートを待ってくださる人がいたんだと感激しました。

村上 あなたの場合は大学時代に摂食障害になるなど、つらい経験も乗り越えてきただけに、ついつい応援したくなります。

鈴木 私の選手生活は波乱万丈でしたからね(笑)。でも人間味を感じるとよく言われます。

村上 最後の演技が終わったあと、リンクの氷にそっと手を置いて、立ち去るときは深々と頭を下げていたでしょう。見ている人も、込み上げるものがあったと思いますよ。

鈴木 無事に滑り終えることができて、ずっと見守り続けてくれた親やコーチ、ファンの方々、氷、この場にいられる幸せに感謝する気持ちのみでした。

村上 最後の舞台ではいろいろな思いが去来していたんですね。

鈴木 私、いつも思うことがあるんです。私を応援してくださるみなさんは、私のスケートを見て元気をもらえたとよくおっしゃいます。でも私自身はファンのみなさんからパワーをもらっている感じなんです。リンクでは一人ですが、お客さんとはいつもつながっていて、エネルギーのやりとりをしている気持ちになります。

村上　それはわかるなあ。僕もリスナーから元気をもらって、お互いにエネルギーの交換をしているように感じています。

鈴木　今思うと、私の本当の喜びは順位じゃなくて、演技が終わった瞬間のお客さんの反応がすべてだったとわかります。表彰台に上ることより、観客のみなさんに喜んでもらえるうれしさに勝るものはありませんでした。

村上　選手生活の最後を見届けて、ご両親も感慨深いものがあったでしょうね。

鈴木　母は試合の前に「あなたのことをこれでようやく卒業させられて、晴れやかな気持ちだわ」と言って送り出してくれました。

村上　摂食障害になる前はあなたのことを「できて当たり前」と考えるお母さんだったそうですが、病気を機にお母さんも変わってきたんですね。やっぱりお母さんの期待に応えようとがんばりすぎたんでしょうか。

鈴木　そうですね。母は完璧な人間に見えていたので、理想の子どもでいなくちゃとがんばってきたところがあります。でも普通の人が当たり前にできる「食べること」ができなくなり、母もそんな私を受け入れてくれて、関係が変わりました。母もそれまで子どもに見せなかった自分の弱いところをさらけ出すようになり、距離が縮んだ感じです。

村上 結果論だけど、病気をしたおかげで得られたものもあるんですね。でもお母さんは「相手のミスを喜んだり、人を押しのけてまで勝ちたいと思うならスケートはやめなさい」と言い続けてきたとか。筋の通った人なんですね。

鈴木 母は私がスケーターとして生きるよりも、人から愛される人間になるようにと昔から言っていました。だから人とのご縁を大切にしなさいと。私が病気になったあとも「私はあなたにこれはだめということはいっさい言わない。ただし人の道をはずしそうになったときは言うよ」とそのへんはきっちりしていましたね。

村上 お母さんはあなたにとってのキーパーソンと言えますね。

鈴木 その母が二年前に乳がんになって、全摘手術をしたんです。母はもちろん、父も私もすごくショックを受けたのですが、母は潔い人なので温存や乳房再建もせず、術後は放射線治療や抗がん剤治療をしないまま元気にやっています。私は摂食障害、母はがんで、私たち親子は二度も命を助けられたのだからがんばって生きていこうねと話しています。

「不器用でも、目標を達成できると伝えたいです」——鈴木

少しずつコツコツと

村上　明子さんの本のタイトル通り、『ひとつひとつ。少しずつ。』（KADOKAWA）という生き方なんですね。

鈴木　私はそれしかできないんです。本当に一歩ずつしか進めなくて、地味で不器用な生き方ですが、それでも目標は達成できるということを伝えたいと思っています。

村上　今は、すぐ答えを出せという風潮があって、それができないと否定されちゃうでしょう。だから自己肯定できなくなる若者も多い。そういう意味で「少しずつでいいんだよ」というメッセージが届けばいいですよネ。

鈴木　私もジャンプ一つを習得するのも時間がかかり、自己嫌悪に陥りました。「今日もできなかった」と母に言うと、「じゃあ人の倍やってみたら」と言われ、少しずつ練習を積み重ねてきました。まずは自分を受け入れ、明日は今日よりちょっとだけ明るく進める

ようにしようと考えることも大切ですね。そしてだめでもあきらめないでと言いたいです。

村上　明子さんは結婚を決めるときも一気に進むんじゃなくて一歩一歩になるのかな。

鈴木　そんなことをしていたら時間がすごくかかるじゃないですか(笑)。結婚だけは一気に決めたいですよ。そしたら今度は『結婚は少しずつじゃない』という本を書きます！

村上　アハハハ。恋愛はどう？

鈴木　恋愛は慎重になりそう。

村上　本にも、慎重で石橋を叩いても渡らないタイプと書いてあったよね。失敗が怖く、でも不安を口にもできないと。

鈴木　私がソチを目指すと決めたのはオリンピックの一年前でしたが、それは厳しい練習に耐えられる覚悟ができるまで口に出したくなかったからです。でも本心はソチに行きたかったので「目指す」と宣言したら気持ちが楽になりました。今は不安に思ったことも口に出しています。自分が決めた結果だからそれでいいと考えるようにしています。

「つらい経験を乗り越えただけに、応援したくなる」──村上

村上　冷静な二九歳だねえ。選手生活をまっとうした今、有森裕子さんのように「自分で自分をほめたい」とか自分に何か言葉かけしたくなりませんか。

鈴木　今は毎日が新鮮なので、自分には「すべてを楽しんですべてを吸収しよう」と言いたいです。でも一番は、周りの方たちに「ありがとう」と感謝の気持ちを伝えたい。

村上　とくにコーチの長久保先生には感謝の気持ちが大きいでしょう。あなたはいろいろな意味で手のかかる教え子だったろうし、病気のときもずっと見守り続けてくれて。

鈴木　先生こそあきらめずに「ひとつひとつ。少しずつ」の人かもしれません。私は言われたことがすぐできないから歯がゆかったはずです。今はホッとしている半面、ちょっと寂しいんじゃないでしょうか(笑)。何のクッションもなくお互いに言い合える関係でした。

村上　明子さんは指導者の道を考えていないの？

鈴木　指導者は考えていません。一番の夢は振付師なんです。私はイタリア人の振付師、パスカーレ・カメレンゴさんに出会ってスケートに命を吹き込んでもらった気がします。日本の選手は海外に行って振り付けをお願いしていますが、いつか海外の選手が日本の鈴木明子に振り付けしてほしいとオファーが来るくらいになればいいなと思っています。

村上　あなたが重視してきた表現力や心を込めた演技は、振り付けが大きいものね。

鈴木　ただ私は引退してようやく社会人一年生になったところなので、まずはプロスケーターとしてスケートの幅を広げ、いろいろな形を学んでいこうと考えています。これからは未来のスケーターやファンを増やすため、それと摂食障害や病気で悩んでいる人たちのためにもさまざまな活動をしていくつもりです。

村上　これまで経験してきたことを、今後は社会に還元していこうと思っているんですね。

信夫のときめきポイント

平成二十二年、バンクーバー直後にラジオでインタビューしたアナウンサーのことを記憶していてくれ、対談の便宜を図ってくれた。超多忙な日程の「間隙」を縫ってくれて「感激」！　気配り、謙虚さ、丁寧な生き方……どれひとつ自分の二九歳にはなかった。「反省と後悔を活用する」ことを鈴木さんに教わったので、もう少しましな六一歳になろう。

（平成二十六年七月号掲載）

自分に対して正直に、ありのままに

小林幸子

（歌手）

こばやし・さちこ●昭和 28 年、新潟県生まれ。作曲家・古賀政男にスカウトされ、同 39 年に「ウソツキ鷗」でデビュー。「おもいで酒」がミリオンセラーに。ＮＨＫ紅白歌合戦では豪華な舞台衣装が話題を呼ぶ。平成 25 年、新潟県民栄誉賞受賞。近年は動画サイト「ニコニコ動画」などで若者の爆発的支持を集めている。公式 HP http://www.sachiko.co.jp/

若者の世界に飛び込んで

村上 近頃の幸子さんは若者にウケていて、「ラスボス」と呼ばれているんですって?

小林 そうなんですよ。私も二年くらい前に知ったんですが、ラスボスとはゲームの最後に出てくる最強のボスで、「ラストボス」のことらしいです。私の衣装がラスボスのようだと言うので、だいぶ前からそう言われていたとか。インターネットでラスボスで検索すると、小林幸子と出てくるのでびっくりしました。

村上 自分ではラスボスと言われて、どんな感じですか?

小林 まったく気にしません(笑)。動画サイト「ニコニコ動画(以下ニコ動)」の番組に出たとき、司会の人が「みんなが言ってるようにラスボスって呼んでいいですか」と聞くので、「もちろんOKよ」と答えたとたん、画面に視聴者の方から「やった~」「わ~い♡♡」といった投稿が流れたんです。「ところで、ラスボスって、なんですか?」と聞いたんですけどね(笑)。私自身もおもしろがっているんですよ。

村上 幸子さんは、そういうことに、バリアを作らずスッと入っていくタイプだよね。自分の中に「これはいやだ」というような好き嫌いはないの?

小林 ないですね。昔から、なんでもおもしろがってました。「ニコ動ってどうやって投稿するの？」とスタッフに聞いて、自分でやってみたりするくらいですからね（笑）。

村上 それが大反響を呼んだと。

小林 ネット上のバーチャルアイドル「初音ミク」の曲を替え唄にして歌ったら、一〇〇万アクセス以上あったそうです。初音ミクはコンピューターが作った音声で歌っているんですがそれを小林幸子が歌うというのがおもしろかったんでしょうね（笑）。

村上 バーチャルの世界しか見ていなかった人たちが、歌を聴いて興味が湧いたのかな。それはニコ動からの依頼で歌ったんですか。

小林 いえ、私が歌ってみたいと思って投稿したんです。その後、ネットの世界では誰でも知っている有名な曲を、ニコ動の番組やイベントで歌うようになりました。

村上 おもしろいと思ったら、なんでもやっちゃうんだね。そういう人たちを相手に歌うときは、別人の小林幸子になるんですか。

小林 ニコ動を見ている人たちは演歌に興味のない人ばかりです。ただ、私は過去にポケモンやクレヨンしんちゃんの主題歌も歌っているので、それを見た世代は「アニメソングを歌っていた小林幸子」として認識していますね。で、その小林幸子が歌いますと（笑）。

「自分の背中を、自分で押してきました」——小林

村上 彼らにとっては演歌歌手の小林幸子じゃなくて、大好きなアニメソングを歌っていた人という存在なんだ(笑)。ニコ動で歌っている曲を、テレビなどほかのメディアで歌ったことはないの？

小林 ないです。ニコ動のイベントやインターネット上だけに限っています。

村上 そのへんは差別化しているわけですね。

小林 ニコ動で歌った曲を入れたＣＤは「コミケ」と呼ばれるコミックマーケットのみの頒布でしたが、私たちのブースにはお客さまの列が一キロ以上になりました。「本人がいる！」「ラスボス小林幸子降臨！」というツイッターがいっせいに発信されたようです。

村上 すごいなあ。コミケの来場者数は五〇万人と聞いたけど、これはもう社会現象だね。

小林 コスプレのお客さんばかりで、おもしろかったですよ〜。

村上 新たなファン層を開拓できたという感覚もありますか？

小林 彼らの間では、「ファンを増やそう」などといった意図的な動きはいちばん嫌われ

ます。自分のプロモーションのためにやっていたら、絶対に受け入れられなかったでしょうね。彼らと同じ目線で、一緒にその世界をおもしろがっている仲間という感覚です。

村上 なるほど。彼らはふだんのコンサートにも来るんですか？

小林 たくさん来ますよ。ニコ動のイベントのときは七〇〇〇人のお客さまが、蛍光のサイリウム（化学反応で発光するケミカルライト）を全員が同じ動き方で振ってくれたんです。歌によって、色と動き方を変えるのなんて初めてだったから驚きました。

村上 でも従来からの幸子ファンは、どう思っているんだろう……。

小林 疑問視する方もいらっしゃると思います。でもこんなことがありました。コミケでCDを買ってくれた若い人が「ばあちゃん孝行ができます」と言うんです。聞けばおばあちゃんから数年ぶりに電話が来て「小林幸子がコミケに来るらしいからCDを買ってきて」と頼まれたんだとか。「五時間並んだ甲斐がありました」と言われたときは感激しました。

村上 いい話だなあ。以前インタビューで「思い込みは捨てて、思いつきを拾う」と言っ

「おもしろがるのって大事なことですよね」――村上

ていましたが、そういう姿勢だからこそ別な世界も広がってきたんだと思いますよ。

小林　ネットの社会に入って行ったとき、周りからは「そっちのほうに行っちゃうわけ？　そこまで自分を落とさなくても」という声が聞こえてきました。でも、それはあなたたちの思い込みじゃない？　と言いたかったですね。ネットの世界はいろいろ批判もあるけど、新しい文化のけん引役になると私は考えています。

村上　ネットには気分を害するような書き込みがあるとか、いやな部分もあるけどね。

小林　確かにあります。でも言われることを怖がっていたら、どんなことも気になってしまう。だから私は「今、自分がやりたいことをやる」と自分の背中を押しています。

村上　幸子さんはずっと、自分に対して正直に、ありのままに生きてきましたよね。

小林　スタッフがずっと支えてくれたおかげです。私の突飛な提案にも「おもしろい。やりましょう」といっしょに楽しんでくれるのが、うれしいですね。

村上　アナログ人間だったのに、ブログも始めたとか。

小林　以前は全然できませんでしたが、教えてもらって自分で打っています。写真も自分で貼り付けているんですよ。

たどりついた歌手生活五〇周年

村上 平成二十六年は歌手生活五〇周年でしたね。武道館での五〇周年の記念コンサートには思いも一入《ひとしお》だったでしょう。

小林 私、武道館で行われた歌謡祭などには何回も出ていますが、自分の公演をするのは初めてなんです。「いつかはきっと」と思っていた夢がやっとかないました。

村上 一〇歳でデビューして歌手生活五〇周年、新潟地震から五〇年、中越地震から一〇年と、平成二十六年はいろいろな節目がぴったり重なりましたね。

小林 節目にふさわしい何かをやりたいと思っていたところに新しい世界が向こうからやってきた感じがします。だから躊躇せずにやってみようと思ったのかもしれません。

村上 なんでもおもしろがるのって大事だよね。そうじゃなければ、芸能界を五〇年も生き抜くことはできなかったと思うな。いっぱいいやなこともしんどいこともあったけど、すべての状況をおもしろがらないとやっていけないもの。

小林 その通りです。何がなんだかわからない騒動に巻き込まれたときも、自分の主張や言いわけをせず、人間ウォッチングをしていました。へえ、あの人はそういう人だったたんだと見ながら、おもしろいなと思っていました。人間関係の整理ができました（笑）。

村上　僕も年を重ねるに従い、理不尽なことの渦中にありながらもう一人の自分が上から冷静に観察し、その状況をおもしろがっている自分に気づいたことがあります。ちょっと見方を変えるだけでゆとりが出てきますよね。

小林　私は一〇歳で親元を離れて暮らしていたせいもありますが、もう一人の自分と会話する一人遊びが大好きです。

村上　えー!? 僕もだ！　一人っ子だったので、幼い頃から鏡の中の自分と話していました。

小林　おもしろいですよね。鏡に向かって、一人でギャグを言ったりしています（笑）。

村上　僕たちは同い年だからか、共通項があるよね。還暦を迎えての心境はいかが？

小林　私は小さい頃から歌の世界しか知らないんですが、この世界にずっといられたことは幸せだったと思います。自分の知らない人が私の歌を聴いて「励みになりました」とか言ってくださると、こんなにうれしいことはないなって。

村上　とくに震災のあとで被災地を回ったときは、よく言われたんじゃないですか。

小林　とてもつらい状況にあるけど、今ここにいる時間だけは忘れさせてもらったと、たくさんの人に感謝されました。

「歌の世界にいられたことは幸せだったと思います」——小林

村上　歌は心の支えになりますよネ。幸子さんにとって思い出深い曲は?

小林　「雪椿」ですね。この歌を中越地震の避難所で歌ったとき、みんなが泣きながら聴いていた姿を私は一生忘れません。

村上　そこで歌った「雪椿」を思い出すんですね。

小林　雪椿は新潟の県木で、県民は誰でも知っています。「雪がとけるまで咲き続ける雪椿のようにがんばりましょう」と言うと、みんなうなずいてくれて……。歌の力って、歌い手の力じゃなくて歌がもっている力なんですよね。

村上　歌いながら自分も励まされているんでしょうね……。

小林　あのときも励ますつもりだったのが、逆に励まされて帰ってきました。私は全部の避難所をくまなく回りましたが、みんな「さっちゃん、これから寒くなるから風邪をひかないようにね」「体に気をつけてがんばってね」と言ってくださるんですよ。着のみ着のままで避難してきた人たちこそ大変なのにと思って号泣しました。

村上　胸が熱くなりますね。

小林　人間って決して弱くないです。お年寄りは弱いと言われますが、本当は強いです。

村上　さっきの話じゃないけど、思い込みはよくないよね。

小林　私も自分の思い込みで、反省したことがあるんです。避難所を出て次の避難所に向かうとき、道の向こうに金髪でピアスだらけのお兄ちゃんたちがたむろしていました。彼らが私を見つけ、「あ、小林幸子だ！」と叫ぶので、一瞬、いやだなあ、あそこを通りたくないなあと思ったんです。そうしたら全員が医務テントにいたおじいちゃんやおばあちゃんをおぶって連れて来たんですよ。「小林幸子が来ているよ～」と言って。

村上　そうなの！　人は見た目だけでわからないね。

小林　あ、ごめん。いいお兄ちゃんたちだったんだねと（笑）。彼らは福島からボランティアで来ていたんです。それがとってもありがたくて、東北の震災のときは何かお返しをしたいと思いました。

「聴いている人の喜怒哀楽に寄り添いたい」――村上

自分の田んぼで米作り

村上　新曲「越後に眠る」も新潟への思いが込められた歌ですね。

小林　五〇周年の記念に、なかにし礼先生が書いてくださいました。平成二十五年に、私はありがたいことに新潟県民栄誉賞を頂戴したんですが、新潟の人たちが本当に応援してくれたからここまで来られたという思いがあります。だから先生に新潟の歌を歌いたいとお願いしたら、これがまたすばらしくて、人生は、つらくても終わりがよければ無駄ではない、という内容のいい歌詞なんですよ。

村上　僕もＮＨＫを辞めてから自分の書いたいくつかの詩に曲をつけてもらったのですが、言葉に曲がつくことで言葉が起き上がり、歌われることによって言葉が歩き始め、違う世界ができあがるようです。

小林　本当にそう。村上さんは、どんなときに詩を書くんですか。

村上　僕ね、自分で天才じゃないかと思うんだけどね……（笑）。

小林　はいはい（笑）。それで？

村上　どの詩も五分で書けたんですよ。天から言葉が下りてきたような感じでした。

小林　そういうことってあるようですね。でもいつも下りてくるわけじゃなくて、待つ時間のほうが長いと聞いたことがあります。

村上　意外に思うかもしれないけど僕はしゃべることより書くことのほうが楽なんです。

小林　えーっ。私は村上さんの番組を聴きながら、何かを読んでいるような、流れるような話し方だなと思っていました。

村上　全部アドリブです(笑)。

小林　本当にお世辞じゃなくて、きれいな詩を聴いているようでしたよ。神様が何かの詩を村上さんの口から出させてくれてる感じで！　「素直になっていいんですよ。自分を閉ざさず、開け放っていいんですよ」と番組でリスナーの方へセリフのようにおっしゃるのを聴いて、そうか、それでいいんだと思わせてくれました。

村上　わあ、それはすごくうれしいなあ！　涙が出そう。聴いている人の喜怒哀楽、さまざまな感情に寄り添いたいと思ってやってきたので、さっちゃんにそんなふうに言ってもらえて本当に感激です。今も行く先々で、当時のリスナーから「あの言葉で元気になれました」と言われると、僕も少しは人の役に立っていたのかなと思えます。

小林　テレビと違い、ラジオはリスナーとの距離が近いですよね。

村上　テレビは向かい合っている感覚で、ラジオはかたわらでうなずくような存在なんです。僕たちの気持ちもリスナーにビンビン伝わるから、共感が生まれるんでしょうね。演歌をしみじみと聴く感覚と似ているかもしれません。

小林　そうですね。悲しい歌を聴くと歌のドラマの主人公に気持ちを寄せて、自分はここまでつらいわけではないからもっとがんばろうと励まされたりしますから。

村上　平成二十六年は中越地震でいちばん被害の大きかった山古志でミニコンサートを開いたそうですね。

小林　あんなに大変な目にあった人たちが、こんなに元気になったと思ったら涙、涙。また違う感慨がありました。

村上　山古志には「幸子田」という田んぼがあって、お米を作っていると聞きました。

小林　はい。私のために貸してくださった田んぼでお米作りをして九年目になります。棚田だから全部手作業、最初はへとへとでしたが、今はみんな上手ですよ～。

村上　田植えや稲刈りの様子をニコ動で生中継したら？　ファンも連れていくとか。

小林　それ、おもしろ～い。

村上　実況中継のアナウンサーが必要ならぜひ（笑）！

小林　「実況はしなくていいから、一緒にやりなさい」と言っちゃいますよ（笑）。

村上　そういう明るい性格が、みんなを引きつけるんだろうね。

信夫のときめきポイント

さっちゃんとは同い年。お互い還暦を過ぎたけど何でもワクワクおもしろがるところは一緒だね。小学校四年まで新潟で育ったということは、僕も小学校四年まで京都にいたから同じだね。でも、さっちゃんは一家を養っていたんだからすごいよね。いっぱいいっぱいしんどいこと、つらいことがあってもいつもいつも笑っている。すごいね。そんなさっちゃんを尊敬します。いつまでも応援します。同級生のぶ。

（平成二十七年二月号掲載）

ポジティブに「行きあたりバッチリ」

武田双雲

（書道家）

たけだ・そううん●昭和５０年、熊本県生まれ。書道家。書道教室「ふたばの森」主宰。3歳より書道家である母・武田双葉に師事。東京理科大学理工学部卒業後、NTTに入社し、25歳で書道家として独立。世界遺産「平泉」をはじめ多くのロゴや、ＮＨＫ大河ドラマ「天地人」など数多くの題字を手がける。著書は『書く力』（幻冬舎）ほか30冊を超える。公式HP http://www.souun.net/

もう一人の自分と対話して

村上　ＮＨＫ時代は二回、お話をうかがっていますよね。お連れ合いと二人で番組に出ていただいたこともありました。

武田　妻がメディアに出たのは、あとにも先にもあの一度きりでした。その後はいっさい、写真も出していないんですよ。

村上　そうだったんですか！　僕は武田双雲を育てたお母さんがどんな人か知りたくて、お母さんにもインタビューしたことがあります。それで昨日はお母さんに電話したんですよ。お母さんには、病気をしたときもぜんぜん泣きごとを言わなかったそうですね。

武田　そういえば、これまで母に泣きごとを言ったことはないですね。反抗したことも、わがままを言ったこともないかな。

村上　がまんしちゃうの？

武田　がまんはしていないと思います。自分の中にもう一人の自分がいて、話を聞いてくれたり諭してくれたりするんですよ。落ち込んだときはその気持ちをスポンジのように吸い取ってくれるんです。

村上　僕も一人っ子だったせいか、子どもの頃から、もう一人の自分とよく対話していま
す。だけど、双雲さんは三人兄弟でしょう？
武田　不思議なことに、うちの親は僕を家族の中で特別な存在として位置づけちゃったん
です。弟たちは普通の子どもとして育てられましたが、僕だけ何か違うと勘違いしたのか、
親よりも上のような接し方でした。普通のことをしていても「この子は天才だから」とい
つもほめられて、親に怒られたり注意されたりした記憶がないんです。
村上　自分だけ特別扱いされて育ったんだ。それがプレッシャーになりませんでしたか。
武田　ならなかったですね。親が僕に期待していたらプレッシャーを感じたかもしれませ
んが、がんばってもがんばらなくても親の評価は同じでしたから。人と比較するとか、社
会的な評価を気にしない人たちなので、僕も社会の評価を気にせず生きてこられました。
村上　書をほめられても？
武田　それはうれしいんですが、人の評価で僕の幸福度が変わるということはないんです。
人が僕の書を評価してくださるのは、受け取る人のおかげだと思っています。だから受け
手側に感謝するだけ。じつは僕、自信のない人間なんですよ。自己肯定感は一〇〇％に近
いんですが、自分が優れているという自信はまったくなくて（笑）。

村上　人と自分を比較することなく育ってきたんですネ。

武田　だから一般社会の中で誰かと戦うことなく、この先どうなるかと考えることもなく「行きあたりバッチリ」でやってきました。

村上　あ、その「行きあたりバッチリ」という言葉、いいなあと思って、僕の座右の銘の一つになっています。

武田　ありがとうございます！　僕は先のことを考えるより、いま目の前にあることに感動しながら何かできることをやったほうがいいと思うタイプなんです。

村上　サラリーマン時代はどうやったら自分が楽しめるだろうかと考え、満員電車の通勤がつらいならグリーン車に乗ればいいとか、そういう発想がおもしろい。

武田　サラリーマンは続けられませんでした。戸惑うことは多かったです。会社で仕事がつまらないと言い続ける人の気持ちがわからなくて、じゃあ自分でおもしろくすればいいのにって(笑)。小学校のときも、野球で巨人が負けると機嫌が悪くなる先生がいたのですが、自分ではどうしようもないことで機嫌が悪くなるのが不思議で。自分の機嫌は自分で決めるもので、幸せや楽しさは人任せにせず自分でつくるものと考えていましたから。

何でも前向きに解決する努力

村上　それだけポジティブ思考の双雲さんでも、四年前に病気をしたときはさすがにネガティブになったんじゃないですか。

武田　もちろん！　痛みというのは完全にネガティブなもので、ポジティブにはなれません。僕のポジティブというのはネガティブを受け入れることでもあるんです。

村上　〝ネガポジ〟なんだ（笑）。

武田　痛ければ病院に行くとか、ネガティブながらも解決するためにクリエイティブに行動するのが僕のやり方です。でもあのときは最大の壁にぶち当たった感じでした。お腹の激痛がずっと続いて、原因がわからない。胆のうを切除してこれでオールクリアと思っていたのに、一年くらい体調の悪さが続きましたからね。そうすると、ほかに悪いところがあるんじゃないかという恐怖がやってくる。だから僕のポジティブって〝ビビリポジ〟なんですよ（笑）。

村上　ああ、わかるわかる。僕も頭が痛いと脳腫瘍じゃないかとか最悪のことを考えちゃう（笑）。二九歳頃が一番ひどくて、スタジオを出たとたん、ふらつきが出たり吐いたり、

「僕のポジティブは『ビビリポジ』なんです」――武田

頭痛もひどかった。病院でも悪いところはないと言われるので、あのときは本当に不安になりました。結局、自律神経がやられていたんだろうけど。

武田　原因がわからないと不安になりますよね。僕はビビリ屋で、長く悩みたくないからビビらないための戦略を箇条書きにしました。それで気持ちが落ち着き、整理されてきました。

村上　「健康」という字を何度も何度も書いたんですってね。書くことで自分の内面を俯瞰してみることができますよね。

武田　具体的に不安なことを紙に書き出していくと、思考の整理ができてきます。ただ考えているだけだとノイズがあって、なんでもないことが怖い闇に見えてきたりするんです。僕の中には名カウンセラーがいるので、自分の心の置きどころを決めていく作業でもありました。

村上　よくわかります。僕も自分のブログを書きながら、自分はこんなことを考えていたのかと再認識することがありますよ。

武田　「表現」は「表に現す」と書きますが、書いてアウトプットすることで何かをインプットできるようにもなるんです。

村上　しまっておくと、どんどん内向的になってしまうからね。

武田　僕は反省も大好きで、「ポジティブ反省」をしています。僕の中の名コーチが「今度はもうちょっとこうしてみようか」とアドバイスしてくれるんです。

村上　すごいねえ。双雲さんの中には、コーチもいればカウンセラーもいれば、親もいるんだ。

武田　でも病気になったときは、「いいかげんにしろ～！」と横っ面を叩かれた感じでした。それまでは自分の体のことを顧みず、節制もしてこなかったので、本当に反省しました(笑)。病気は、健康の大切さを教えてくれるメッセージだったのかもしれません。

村上　妻や子どもたちにも弱音は吐かなかったの？

「カラ元気でも、あえて明るくしています」——村上

武田　いえいえ。「ごめん、いま気持ち悪いから無理」とか言っていましたよ。でもネガティブ言葉を言ったあとは、「明日はよくなるかもしれないから少し寝かせて」というようなポジティブ言葉を言うようにしていました。

カラ元気、カラ感謝の効果が

村上　もしかしたら、双雲さんの根っこにはネクラなものがあったりして……？　油断するとネガティブ思考に支配されてしまうから、本能的にそれを封印しているんじゃないですか。

武田　そうなのかなあ。なにせビビリ屋だから、小さい頃は幽霊が怖くて夜中に一人でトイレに行けなかったし……（笑）。

村上　いっしょだ〜（笑）。僕はいまだに電気を消して寝られない。

武田　アハハハ。不安と付き合っていけばいいんですよね。

村上　僕はよく「村上さんはどうしていつも明るいんですか」と聞かれるのですが、「あえて明るくしているんです」と答えています。人って油断しているとどんどん暗いほうに行きがちになるので、「カラ元気」を出してやっているうちに、その「カラ」も取れてきますと。

武田　なるほどねえ。小さい頃の村上さんはネクラだったんですか。

村上　友だちがいなくて一人ぼっちだったから、家で一人遊びをしているような子どもでした。それにすごい人見知りで、よくこんな仕事についたなと驚いています。僕もあなたに負けず劣らずポジティブなほうだけど、駆り立てて奮い立たせて今の自分に変わってきたと思います。

武田　僕もどこかに怖さがあるから明るくしているのかもしれないなあ。

村上　やっぱりそうなの？

武田　ただし僕の場合は社会に対する怖さじゃなくて、幽霊が怖いとか弱っちい怖さなんですけど(笑)。僕はいま世界が平和になるための活動をしていますが、それも子どもの代になって何か恐ろしいことが起きたら嫌だなという恐怖を消したくてやっているのかもしれません。だからどこかにネガティブなものもあるんでしょうね。

村上　武田双雲は、じつはビビリポジだったと(笑)。「書道で世界平和を」というスローガンで活動していることは本当に共鳴しますよ。僕も今「嬉しいことばの種まきで日本を変えよう」とよく言っています。ありがとう、よかったね、大好きだよと人が喜ぶ言葉を常に口に出していると、相手だけじゃなく自分も幸せになって循環していく。家庭から地域へ、そして日本全体に広がっていったら幸せな社会になるでしょう。

武田 戦争を止めることだけじゃなくて、日々の中で平和な心を培っていくことが大切ですね。僕も言葉の力を確信しています。

村上 お母さんは、病後のあなたから感謝の言葉が増えたと言っていましたよ。

武田 今までは「カラ感謝」だったけど、それが「リアル感謝」になったんでしょうね。病気のときも自分の体に対して「ありがとう」と紙に書いてカラ感謝していたら、本当に感謝するようになりました。病気をしなかったら、カラ感謝のまま終わっていたと思います。

村上 病気をしたことは大きな意味があったということですね。今年は四〇歳ですが、書き初めはなんという字にしたんですか。

武田 「味」です。すべての瞬間を、感動して味わっていきたいと思っています。

村上 感動は双雲さんの原点ですもんね。不惑の年の作品も楽しみにしていますよ。

信夫のときめきポイント

双雲さんは、芸術は単なるジャンルではないと考えている。あらゆることに奇跡は存在していて、その発見や感動が、衝動となり行動となり、それを表現することで、それがまた感動につながる。この一連が芸術だというのだ。日常の何気ないことに、どれだけの感動がもてるか。双雲さんは、風が頬を撫ぜただけで感動する。その感動を書にする。だから、それを見た人が、感動を共有するのだろう。

（平成二十七年三月号掲載）

あとがき

『人は、ことばで磨かれる』……なかなかいいタイトルをつけてもらったと思う。清流出版編集部の秋篠貴子さんがつけてくれた。彼女曰く「ことばは人なり」。その人が使うことばでその人がわかる。人はことばで磨かれていく。ことばは、人を磨く手段とも言える。

そして、何より、ボク自身が、ことばで磨かれてきた。ことばを生業にして四〇年目。新人アナウンサーの頃から今日に至るまで、「ことば」によって育まれてきた。

「人の喜びを倍にし、哀しみを半分に減らす」。大学の先輩にあたるNHKの中西龍アナウンサーが教えてくれたことばだ。このことばが、ボクの人生を方向づけてくれた。このことばが、いまの「嬉しいことばの種まき」の原点にもなっている。

富山の浄土真宗僧侶の雪山隆弘《ゆきやまたかひろ》さんのことば「天気にいい悪いはない」。駆け出しアナウンサーだった自分に教えてもらった。自分の思いだけでマイクの前にいてはならないという戒めとして、ずっと大切にしてきたことばだ。

いつのまにか、還暦を越えたボクが、「若いですね〜」「元気ですね〜」と言ってもらえるのは、「ことば」のおかげだ。元気の出てくることばたちに囲まれ、嬉しいことばたちのシャワーを浴びているからだ。

ボクが、この対談で出会った方々は、「ことばの玉手箱」の中に、磨き砂がいっぱい入っている。次から次に飛び出す「ことば」によって、ボクの身体も心もピカピカだ。読者の皆さんも、一緒に体感してもらえたことと思う。

そこでお願い。とっておきの「磨きことば」を自分だけのものにしないで、お福分けしてほしい。「嬉しくないことば」は封印して二度と使わないようにしたほうがいいが、「嬉しいことば」は、引き出しの奥にしまいこまず、どんどん広めてほしい。そうすることで、ことばは喜び、人間磨きにますます拍車がかかる。もう少し平たいことばで言えば、この本を知り合いに広めてほしいということだ。

この本は、チームMのメンバーなくしては生まれなかった。チームM、つまりNHKを退職したムラカミを支えてくれた三人の仲間たちだ。

ライターの浅野祐子さんは、ボクと同い年。同じ時代の空気を吸ってきたせいか阿吽の呼吸。ボクの対談を、ほとんど校正の余地のない文章でまとめてくれた。

カメラマンの鶴崎燃さん。名前は燃《もゆる》。表立っての炎は見えないが、内なる闘志が静かに燃えている。ことば少なで、自分の存在感をアピールするタイプではない。ゆえに、撮影されることを必要以上に意識しなくて済む。

清流出版の秋篠貴子さん。清く正しく美しく、いまどき珍しい女性だ。終始、穏やかに、いつも、ボクのわがままを聞いてくれた。

チームMの皆さんに、心からの謝意を述べたい。

村上信夫

ブックデザイン＝中川健一
編集協力＝浅野祐子
写真＝鶴崎 燃

村上信夫（むらかみ・のぶお）

1953年、京都市生まれ。元 NHKエグゼクティブアナウンサー。ＮＨＫ時代は「おはよう日本」「ラジオビタミン」などを担当。現在は全国で「ことば磨き塾」を主宰するなど、「嬉しいことばの種まき」をしている。文化放送「日曜はがんばらない」でも活躍中。東京・恵比寿で毎月、トークライブを開催。著書は『ラジオが好き！』（海竜社）など多数。

公式 HP　http://murakaminobuo.com/

人は、ことばで磨かれる
村上信夫のときめきトーク

2015年 9月 5日[初版第 1 刷発行]

著　者　村上信夫
© Nobuo Murakami 2015,Printed in Japan
発行者　藤木健太郎

発行所　清流出版株式会社
東京都千代田区神田神保町 3 - 7 - 1　〒101-0051
電話 03(3288)5405
〈編集担当・秋篠貴子〉
http://www.seiryupub.co.jp/

印刷・製本　図書印刷株式会社

ISBN978-4-86029-433-5
乱丁・落丁本はお取り替え致します。